悟道德

Do you desire to resist fate or embrace destiny?

你渴望逆天改命？
還是與命運和解？

U0134637

目錄

作者序：
請活出一個比先天劇本更高的人生

福生無量天尊，各位尊敬的讀者，大家好！非常榮幸能夠來到這裡，與大家分享我的道家養心功夫。我叫易烊楓燧大師兄，來自於龍虎山正一派天師道的法脈傳承。我的思想深受復旦大學論道思想的熏陶，這些年的修行與學習，讓我更加深入地領悟了道家思想的精髓。

時至今日，我仍舊在問自己為何會踏足香港這片土地，為何會參與節目並最終榮獲冠軍，這些問題時常在我腦海中縈繞。隨著時間的推移，越來越多的人開始向我咨詢關於人生的種種疑惑。我也未曾想到，我所展示的玄學術法及道家思想，竟然能夠引起如此廣泛的關注和興趣。或許，這正是心靈的指引，是某種神秘力量在駕馭著我，讓我有機會與大家共同探討道的奧秘。

當下社會，有一種說法甚為流行：「在上班和上進之間，九十後選擇了上香；在求人和求己之間，零零後選擇了求神問卜。」這句話彷彿揭示了一代年輕人的心聲，他們在面對生活的壓力與困惑時，試圖尋找一種超越現實、尋求心靈寄託的方式。這種現象並非偶然，而是社會發展到一定階段的必然產物。我們這一代人，或許正在經歷著前所未有的變革與挑戰，試圖在這個複雜多變的世界中找到自己的定位。

悟道德

然而，要想真正安心立命，我們並非僅僅需要知識的積累、技巧的磨練以及邏輯的運用。更重要的是，我們需要擁有一份堅定的人生信念。慧根與智商固然各有所長，但在追求真理的道路上，慧根往往能夠發揮更為關鍵的作用。那麼，我們又該如何界定和審視我們的成功標準呢？這是一個值得每一個人去深思的問題。

或許，真正的成功並非僅僅在於物質的豐盈和社會地位的提升，而是在於我們是否能在這個過程中找到自己心靈的歸屬和價值的體現。道家思想告誡我們，要順應自然、隨遇而安，不為外物所動、不為名利所累。只有當我們真正領悟了這些道理，並將其融入到日常生活中去時，我們才能夠真正實現安心立命、活出真我。

在我們當今這個社會中，科學和技術已然成為我們追求知識和技能的核心。從小時候的基礎教育到後來的高等教育，我們投入了大量的時間和精力去學習這些知識，以確保將來能有一技之長，為生活打下堅實的基礎。然而，在這個過程中，我們卻往往忽略了另一個同樣重要的層面——人生的價值以及修心的學問。

修心，這個看似抽象的概念，實際上比任何「術」都更為關鍵。它涉及到我們對於生活、世界以及自身的深刻理解和領悟，關乎於「道」的真諦，更是真正能「改命」的根本路徑。通過修心，我們不僅能提升個人的精神境界，更能活出一個比先天劇本更高的人生，實現自我超越和成長。

因此，我一直堅持在做好簡單易懂且有趣的修行文化科普的同時，帶領大家一起深入探討修心的奧秘。我們一起讀《道德經》，在各個視頻網站分享讀書、修心的體會和感悟。通過這些學習和交流，我們逐漸領悟到修心的真正意義和價值，學會如何在忙碌的生活中保持內心的平靜和寧靜。

在我一路修行的過程中，我深切地感受到：拯救自己的，並非各種花哨的術法，而是中國哲學中那些富有智慧的內容。這些智慧不僅能夠指導我們應對生活中的種種挑戰和困境，更能夠讓我們在精神層面得到真正的滋養和成長。

因此，在這本書中，我希望將這些寶貴的智慧分享給更多的人。通過講述修心的學問和體會，我希望能夠為解決當下社會中普遍存在的人生問題提供一些有益的啟示和指導。我們要解決的問題，從根本上來說是人生問題，而人生問題的解決，關鍵在於守護和滋養我們的心。只有當我們能夠安心立命，才能真正地享受生活、感受幸福。在這個過程中，道家的養心功夫無疑是一種極為有效的途徑。通過學習和實踐這些功夫，我們能夠逐漸培養出一顆平和、寧靜的心，從而更好地應對生活中的種種挑戰和變化。

從地運的角度來看，過去的二十年艮八運中，隨著社會的快速發展和物質生活的逐漸豐富，金錢和資源佔有逐漸成為了衡量個人成功與失敗的主要標準。在這樣的背景下，人們普遍感到生活壓力加大，活得越來越辛苦，甚至充滿了負能量。這種現象不僅影響了人們的身心健康，也倒逼人們開始反思自己的生活方式和價值觀，逐漸從向外求財求官轉向了向內求，尋找「本自具足」狀態下的那個真實的自己。

因此，我們常說末法時代雖然充滿了混亂和挑戰，但同時也是一個有利於覺醒和修行的時代。在八運退去、九運進氣的階段，我一直致力於道家哲學的推廣，希望能夠幫助更多的人認識到內心的力量和智慧，找到屬於自己的修行之路。

八運和九運在諸多方面存在著明顯的區別。在八運中，房地產行業等實業成為了主流行業，人們普遍追求穩定的工作保障、穩定上升的薪資和有保障的收入。這是因為職位的高低和財富的多少是衡量一個人成功與否的主要標準。然而，在這樣的背景下，人品和道德水準往往被忽視或排在次要位置。

然而，九運卻截然不同。火為炎上，也是中空，代表著精神文明、文化和個人主義的崛起。因此，在九運中，精神財富、精神文明、內心境界以及個人品德等將成為衡量人的層次的主要標準。同時，文化復興也將伴隨而來，那些曾經被認為是小眾的文化領域（如中國傳統文化、哲學、心理學、修心修行相關等）將逐漸受到更多人的關注和認可。

此外，未來社會也將越來越強調個人價值的實現和展現。個人將不再為了集體或團體而犧牲自己的利益或追求，而是更加注重自我成長和價值的體現。這也意味著女性將不再僅僅依附於丈夫或家庭，而是會更加重視自我奮鬥和成長，因此九運也被視為女性時代和晚婚時代的象徵。

當然，我們無法簡單地評價「未來好」還是「過去好」，因為艮八運和離九運所影響的都是時代環境，對於每個人的具體作用則因人而異。然而，如果我們能夠站在更高的維度和更長遠的角度去觀察和理解這個時代的變化，我們就能夠更好地把握時代的脈搏，順應時代的發展潮流，從而做出更加明智的決策和行動。

本書我想和大家分享一些關於修心養心的功夫和方法。本書涉及的三個主要理論組成部分包括心外無物/心外無理、知行合一以及致良知。通過這些理論和實踐的探討，我希望能夠幫助大家更好地瞭解養心功夫的內涵和價值，從而逐漸將其融入到自己的生活中去，實現內心的平靜與和諧。

易烊楓燧大師兄
龍虎山正一派天師道

推薦序：楓燧你贏在有品
楓燧大師兄一個「品」！

認識大師兄當然是通靈之王2，由於公平起見，初始我們只是點頭之交，無論吃飯，休息都是河井之分，只是主持人與參賽者的關係。在比賽期間，對於這位道長的表現，膛目結舌。最後的冠軍戰更加令我深刻，透過電視機大家都聽到我一句：楓燧你贏在有品，他輸在衝動。一句贏在有品亦都成為網絡金句。

大師兄勝出後，一夜成名，仍然初心不忘。宣揚道學，授之，教之，救之。

楓燧令我想起一句話：授人以魚，不如授之以漁。有品之行。

大師兄令我瞭解到道教，認識了道長的身份，從而更加喜歡鑽研道學。如果我說我們是朋友關係，我就會答除朋友外，楓燧令我學識道學，也算是我的老師。

老師，加油……

梁思浩

王牌主持兼香港著名藝人

第一章 進入道門的修心法門

第一章

進入道門的修心法門

關於焦慮，一大來源是來自「不確定性」。「我要不要選擇……」、我該選擇考研究生還是公務員？」、「該辭職還是留下來？」、「我要跟他復合嗎？」焦慮是怎麼來的？就是我們每一天都無數次地在推算，走這條路會有的結果，走那條路會有的結果，選擇了這條路又忍不住去想：這真的能得到我想要的結果嗎？這是最好的結果嗎？我要是選那條路會怎麼樣？…於是我們把生命中的每一次選擇，都當成了賭博，賭博的就是概率，心都跳出來了，人怎能不焦慮。所以我希望帶領大家進入「心學」的領域探討一下。

倘若我們在根本上改變了人生態度的話，進行修道、修心，那些焦慮或者憂鬱它是不存在的。易學、道學就能幫助我們這一點。

那麼，甚麼叫「修心」？

「修心」，其實只是一件事：把我們放出去的心找回來，這叫「修道之路無它，求其放心而已」。「放心」就是指放到外面去的心，再把它找回來。

好，我們現在就進入：道門的修心法門。

道門的每一種修行都不能把它當理論看，當然你可以把它作為理論來研究也行，那就是道學研究。其實道門的經咒寶誥都是修行的一種法門。普通人怎麼修行？念天尊聖號。

每天念幾千遍「九天應元雷聲普化天尊」，「福生無量天尊」幾十年如一日也能成就。人們稱它為方便法門。

不要做別的事，每天念。但念寶誥是有要求的，不是隨便唸唸——一邊念著天尊聖號，一面想著那個人我怎麼對付他，這不叫修行了。

念天尊聖號和寶誥的時候你要收攝六根：眼、耳、鼻、舌、身、意，叫六根。你要把它們收攏，不要向外。收攝六根，靜心念寶誥。「淨念聖號」的「淨」，就是乾淨的

「淨」。這才叫修行，它是一種法門，所以叫天尊聖號無量功德。

另外亦有些人，修我們的神通，修我們的靈性，也是個法門。有的人長期努力修神通，在紅塵中感悟，慢慢提升自己的靈性。有神通，是因為與道合真。

這兩種修道方法，其實都是修心，也就修智慧，最高的智慧叫「無為」。當我們做到「無為」，「智慧」便起來，你就成功了，所以又叫「無為而無不為」。道門認為「修心」才是修行的根本。我們身上本有種種的「業」——那些罪孽，都是由我們的心引起的。

所以道門的修行是一種自由的境界，不受某一套教育的修行的規則，沒有任何一套規則。這傳的是心法。

祖師爺反復告誡我們：真理不在經文文字概念裏，要破除對文字概念的執著。道門的修行不是鍛煉頭腦，提高認知。假如是這樣，你只要對經文的內容要逐一地準確把握，當你明瞭文字就成道了。道門祖師說你就算這樣做也成不了道，明白經文只是頭腦的功夫。我們的毛病是個人情感出毛病，心是個人情感的居所，要解決的是心的病，所以要直指人心。人要解決的心的問題，而不是頭腦。

通過我們做早晚課的修行，我們才能修心。清淨經的主題思想就是說：「常清常靜」。不能清淨的時候，我們就會把世界上的人、事、物都區分出一個高低貴賤的階級，這種區分叫「人為」。

如何把這個「人為」去掉，讓我們能直指人心？《清淨經》說「人能常清淨，天地悉皆歸。」大道總是至簡的，並不繁瑣，簡單的道理總是能道出天地之間的規律。我們人活在天地之間，要想天人合一，無非就是要順應天地間的規律。「人能常清淨，天地悉皆歸。」這句話說的意思是，人只要能夠靜心下來，天地的能量就能夠回來，天地的力量會回到你生命上來。所以一念清靜有如此之重要。

當我們能夠身心合一的時候，我們的身體就會發生變化，我們的能量也會發生變化，包括我們的呼吸，我們的情緒都會因此而變化。

所以我們在這個世界上生活就要接觸各種事物，跟各種事物打交道，我們一開始沒有清靜，對事物區分高低貴賤時，就會有所追求：趨高避低，趨貴避賤。

人的財產有多寡，所以要趨富避貧，趨得避失，趨利避害，趨樂避苦，趨順避逆。因為我們對順境和逆境有差異的心，種種的差別都是不清淨。這時我們的心就向外馳求了。怎麼辦？當心沒有發現自己，它就會向外，這叫「向外馳求」。「馳」就是奔往，「求」是追求，我們的心總向外馳求。所以我前文在說：「修道之路無他，求其放心而已」：甚麼叫「修行」？甚麼叫做學問的「道」？就只是一件事——把我們放出去的心再找回來：「求其放心而已」。這個放心是指把放到

悟道德

外面去的心，把它找回來。農民在早晨會把他們養的雞鴨放出去，到了傍晚黃昏的時候常常忘記把它們叫回來，我們的心也一樣，你有否將心放出去，忘掉把它叫回來？

明白要將心叫回來，我們就能夠理解道門心學修行的用意所在。

第二章 心即理——往內心追求真理

第二章
心即理－往內心追求真理

談到道門心學，就不得不說說王陽明本人的經歷，那可以用「傳奇」二字來形容。尤其是他文官出身卻平生所戰，無有敗績；凡到一地為官，必有政績，可以說是萬能人物。

王陽明死後被封的是「上柱國」，柱國是武官的最高榮譽。《明史》提到：「文人用兵，大明一代無有出其右者。」如果以「立功、立德、立言」三個立的標準來衡量聖人，那中國歷史上只有兩個半聖人：孔子、王陽明，曾國藩算是半個。很多人正是因為他的人生經歷，才會願意相信心學。

悟道德

有人覺得王陽明是天才，但我覺得「天才」兩個字遮蔽了他的努力，也仿佛在說他跟我們生來就是不一樣，我們永遠不可能達到他這種境界。其實王陽明一開始就相信「聖人必可學而至」。聖人完全可以通過後天努力達到。這裏的「學」不是指「學習模仿」，「存得此心常見在，便是學。」學是學存此心，簡單來說就是通過修行磨練，人人都可以成為聖人。

王陽明在十五歲就立志做聖人，我們常說膽量膽量，有這樣的膽，才有這樣的量，才能承接得住這樣的能量，這是為甚麼王陽明強調「立志」的原因。你得相信自己有這樣的潛能，才有自我超越的可能性。如果一開始就不相信，別說達到聖人境果，連進步一點點都很難。

而我們有這樣的潛能、人人都可以成為聖人的內在根據是甚麼？是我們的這顆「本心」跟聖人是一樣的，都來自於天道，來自於宇宙源頭處，《傳習錄》說天地「發竅最精處，是人心一點靈明」。由此王陽明認為我們的本心，是足具一切道理的。由此而說「心外無理」、「心即理」。或者換個角度理解，心是具有認識一切道理的能力。

另外王陽明心學也認為，生命是不可逃避的。一旦你有想逃避的心，你便會發現生活中不受控制的事愈來愈多，自主性愈來愈低，人就愈來愈痛苦。就好比學生會玩耍逃避寫作業，結果老師、家長都來找你麻煩，逃得了作業也逃不掉考試、升學、就業、成家，於是你不得不開始培養自己寫作業的能力，開始培養自己的耐心、戒掉懶惰、面對焦慮……人生也一樣，我們沒有辦法逃避內在的問題。恐懼要去面對、創傷要去彌補、不好的習慣要去改正，否則它們都會成為你命運的絆腳石。

有些人一碰到痛苦，困難就想逃避。你會發現這樣的人有一個特點：他活得幾十年如一日。他的心理年齡仿佛在某個階段停滯了，他的性格、見識、說話方式、處事方式，跟你剛認識他時沒有甚麼太大的改變。當一個人的內在停滯時，他的生命基本上也不再有拓展的可能，你會預視到他的將來如何。

孟子說：「天將降大任於是人也。必先苦其心志，勞其筋骨，餓其體膚，空乏其身，行拂亂其所為，所以動心忍性，增益其所不能。」他指一個人如果要成就大事業，必定經歷各種困難的考驗，因為當一個人的靈魂開始被觸動的時候，他才會

「反求諸己」，使自己的心性愈來愈堅韌，慢慢培養出自己之前所沒有的能力，自我超越。

如果覺得無路可走的時候，那就只剩下一條路：往心裏走。正德皇帝把王陽明發配龍場時，他剃度了，而且那裡語言不通、人脈全斷。而王陽明沒有地方住就蓋了間草屋，沒事可做就去到山上找洞穴靜坐。這時候的他，上頭是天，腳底是地，中間是自己，發現誰都靠不了，只能靠自己。

王陽明在龍場選擇用「良知」來承受生命不可承受之重，向死而生。才發現原來自己如此巨大能量。生命中並不存在過不去的坎，每個人都能夠自帶這樣的能量，就像王陽明在龍場悟道後說出那句名句：「聖人之道，吾性自足。」

當然，我們不一定有「大任」在身。可是要明白生命中的一切境遇都是為了磨練自身而存在。稻盛和夫在他的書《活法》裏有這樣一句話：「人生的意義，就是我走的時候比我來的時候，我的心靈要更高尚一點點。」都說修行人可以改命，可是一個開始覺醒的人，他的第一反應絕對不是要「逆天改命」，而是渴望「與命運和解」，明白逆境的存在是為了幫助我成就我自己。

所以我們學陽明心學，首先要立志做到：永遠不要逃避問題。在面對怎樣的境況，都往內在去求：即問問自己的內心，這些事對我的內在成長來說還有甚麼意義？

這是也是整個儒道最基本的態度，我們也要用這個態度來理解王陽明，用一個字來概括它，叫做「仁」。沒錯，仁的核心的含義，不是仁慈，也不是仁愛，而是「自我承擔」、「自我決定」，主動地去承擔起生而為人的本質。人之所以為人，根本原因是因為人有「心」。我們的生命看似是被動，被不同東西決定：命運性格、原生家庭、富貴窮通、死生大事確是因為人帶著一生習氣和業力而來到世界上。可是人哪怕是在最被動的境遇裏，也同樣擁有自由意志，能時時刻刻決定自己想要甚麼、要往哪里走、要成為一個怎樣的人。這就是我們這顆「心」的主宰性體現。

心學的本質就是：化被動為主動。可能你暫時是一個小器、自私、暴躁、懦弱的人，但不妨礙你此刻可以決定去成為一個大方、善良、公正、平和、勇敢的人，然後持之以恆地去塑造這個自己，易經裏面說的「天行健，君子以自強不息」就是這個意思。

在人性論上，儒道用「先天之性」和「氣質之性」來講人性的構成。「先天之性」就是良知、是本心、是真正自我。我們存在以後，由信念、習慣累積而成「氣質之性」。性是我們所說的「性格」，看上去是一種被動地「賦予」。有人說性格沒有好壞，你要區分一下所說的是「先天之性」還是「氣質之性」，先天之性展現出來的性格差異是沒有好壞之分的，比如理性或感性，喜歡科學還是藝術，這些是太極在不同人身上理應展現出來的分別，正是因為這些差異，人與人之間才能像齒輪一樣咬合在一起，推動世界的運轉。但還有一些性格是由於不良的信念和習慣形成的，比如小器、易怒、貪婪、社恐等等，這些性格會帶來一定的局限性，這就會帶來痛苦。

又比如說「內向」這個特點，我所理解的「內向」，是傾向於用獨處的方式進行充能，社交對於他們來說是一種消耗，但並不代表他們不敢在人前表達自己的觀點。對這樣的人來說獨處只是一種選擇，而不是被迫。可是如果你因為恐懼他人的評價而不敢跟人交流，，那麼你工作的選擇就會受到限制。一個人的限制愈多，他對環境的要求就會愈高，想要環境不改變。可是現實哪能如是？很多時候，這成為了人的痛苦來源。

所以王陽明提出「君子以變化氣質為學」，「平時憤怒者到此能不憤怒，憂惶失措者到此能不憂惶失措，始是能有得力處，亦便是用力處」。一件本來會讓你很憤怒的事，你能做到不再憤怒；一件會讓你感到驚慌失措的事，你能從容面對，當你能做到這樣，就代表修心開始獲得效果。不過剛開始沒這麼快做到，只要你能在憤怒時提起個意識，意識到「我正在憤怒」，就是你主體意識的一次勝利，你的良知就戰勝了習氣。練習愈久，主體意識的自由度就愈高，培養出「覺知力」以後，定力、自制力、控制力都會一起出來。這時你就會覺得生命是可控的，也就是前文所說「聖人必可學而至」。「形而後有氣質之性，善反之則天地之性存焉。」若能通過「變化氣質」，超越性格局限，就可活出真正自我。

只有向內求，才有確定性。我們在外在的結果上，是永遠無法得到確定。你再努力，也無法保證自己必然考到名牌大學；任憑你如何計算，也無法說這投資絕對能賺錢。所有的占卜術，也都只能告訴你可能性，但這個概率永遠沒法到達100%，因為未來不可預知。

只有向內求，才有確定性，這是心學「心即理」衍生出的一條心法，可以在日常生活中直接使用。在面對選擇時，要學會用內在的確定性去代替外在的不確定性。想想在這個選擇中有甚麼內在的收穫，而不是外在可能獲得的結果。不要把人生中一次次的選擇變成賭博，那本來是一次又一次自我承擔、自我決定的機會。在選擇中，你可以選擇自己成為怎樣的人、要往哪裡走。你的內在一定能回答你。而你擁有的這種內在確定性能夠讓你心安，心安穩了，做事就會有動力，才有發揮出潛能的可能性。這個就叫做「立心」。很多時候，打敗我們的不是事情本身，而是面對事情的心態。

王陽明說：「心即理，心外沒有理」。炒股就是心外之理。今天的文明到處用心外之理，非常可怕，你拋棄你的心去求一個理，這個理將要傷害我們的生活。

回到中國心學，心外無理，你要抓住的都應該是在你心裏面站得住腳的理，在你的心裏面沒根的理，叫心外之理，不可信。而且在根本上威脅你的生活。爭奪利益的方法全是在心外之理，我們一旦心外之理走的話，就會亡失心，無法達到心即理。

心學不是心理學，心是天理所在的地方，天理不是知識科學的理，是天理，天理在心裏。王陽明說：「良知乃是天理昭明靈覺處，故良知即是天理」。要記住這句話，關鍵時候便會突然明白。心即理。這是王陽明心學的第一命題。真理不要從外面去求，萬物皆備於我。然後說，修道之路無它，求其放心而已。我們做學問是把亡失的心找回來。放出去的心要召回來，召回來就是叫學問。把放出去的心召回來。

我最初體會到這一點也是通過修法。我那時候就在想：「如果我無法保證那個外在的結果是否能獲得，那我能確定無疑獲得的是甚麼呢？我想，我會最少成為一個會精進的人吧，這是我只要去做就一定能做到的事。」於是我除了關注自己有否努力之外，其他都不再擔心。法學得好了或者不好，不是最重要的。其他師兄每次修法都找最厲害的法了解，覺得會用得上才加以練習，不然會覺得性價比低。但我會選擇全部背上，能背多少是多少，因為我的目標是精進嘛，到最後還是自己會學得比人多。當你有這樣的心態的時候，結果又怎麼可能不好？就算真的不好，你擁有「精進」這個品質，在未來依舊會在工作中被人看到、被人肯定，所以不用害怕。

王陽明那個時代，跟我們今天差不多。大家讀書就是為了考科舉做大官，可是王陽明就覺得有點不對勁，於是他在十五歲的時候想明白了，他讀書是為了做聖人，只管一代不行，他要管好幾代。所以你看他讀書讀得相當有動力，真的是讀到吐血，家裏人不許他讀，他就先偷偷把燈滅了，等家裏人睡著，又把燈點起來。不止讀考試用的程朱理學，而是甚麼都讀，因為他讀書是為了給自己答疑解惑。結果他考上了進士，二甲第六名，也就是全國第十。詩文寫得好，書法也很好。在他還沒有考上，還是個學生的時候，他已經憑藉詩賦詞章名動京城，很多士大夫都來找他寫文章，還有位前輩千里迢迢派人到京城來請他為自己編好的書寫序。而他兵書也讀，所以他後來打仗從沒有失敗過；佛家道家的書也讀，在佛學上，能一語喝悟閉關僧；在道家修煉上，他很早就學習道家導引術，能夠在靜坐中達到忘天忘地、預知未來的境界。

可以說，王陽明想走任何一條路他都能走得很好，前人那些走通了或沒走通的路，他都學習，但不重複，他想走一條自己的路出來。因為王陽明一生最害怕的事情，就是臨到一生最後沒有拿出自己的作品來，這樣就白白浪費了自己。

有多大的願力就有多大的心力，「結果」就是人的心力順其自然的呈現。有些人把陽明心學解讀成成功學，以為那是奔著結果去的，但陽明根本不計較結果。人如果是只盯著結果看，愈計較，愈混亂，愈沒有力量。我們不如王陽明有那麼大的願力，那沒關係，至少可以學他在內心找確定性。

怎麼去找？王陽明認為，內在的心就像天上的太陽，它一直都在那裡，只不過被雲遮蔽了你看不見，我們要做的就是把雲層移開，良知自然散發出光芒，而不是到外邊尋找太陽。當你能去掉雜念，就能看見本心；去掉不是你的，就恢復本來的你。「成為」聖人的本質，是「恢復」你作為聖人的本來面目。這是陽明心學貫徹始終的思路。

我們中華傳統文化指「天人合一」。我們的存在不是毫無理由的，而是有本源根據的，這就是《中庸》說的「天命之謂性」。這個理就是道家說的天理，天理就是太極，太極代表著圓滿合一，「合而言之，萬物統體一太極」整體來看，我們的生命都是由太極陰陽分化而來的，那麼天道只有一個，就是「生生不息」，天地會盡可能豐富多元地發展下去。所以為甚麼心可以成為源源不斷的動力來源？因為心連通天地，「良知即是天植靈根，自生生不息」（《傳習錄》第224條）。王陽明龍場悟道，悟到的就是這股生生不息的能量，是我們身上自帶的，叫做「聖人之道，吾性自足」。

在良知這個層面上每個人都相同，那麼人的差別在哪裡？在於念頭堆積起來的程度不同，對良知造成的遮蔽程度，有著「厚薄清濁」的區別。遮蔽得比較少就聰明，遮蔽得比較多就愚笨，有些人雜念少，很容易開心，有些人想得多，容易焦慮。

這是道家的出發點。於是從這個出發點出發，道家的原則是教我們做減法的：減去人為的因素，減得愈乾淨愈好。「為道日損，損之又損。」損就是減少，減少人為的因素，要損的徹底。吃飯是先天的需要，但如何吃，就要了解道家精神。如果偏要吃得好，就是人為。

所以王陽明認為，人最重要的事情就是「清理」，而不是「學習」。學習是向外的，只是在你的「意識」增添一層又一層的垃圾。你學得愈多，遮蔽得就愈厚。我們要做的事情是清理「意識」裏的垃圾，清得愈乾淨，本心愈明亮，你所能直覺到道理層次就愈高。

所以王陽明說他給農民給講學的時候往往一點便通，反而是給文人士大夫講，怎麼講都講不明白。而王陽明也說：「本自具足」，更強調「相由心生」。認為改變內在，外在就能一起改變，外在是虛幻的，應該持「超脫世果」的態度。王陽明強調「心外無理」，「心即理」，認為用本自具足的道理就能夠解決現實問題，建設理想社會，以順應天地生生不息之道。

我們的煩惱證明了我們的無限心，證明了孟子所講的心，沒有此心，即無煩惱。煩惱成為了我們修行的材料，這是非常自信勇敢的修行方法，叫道。不要害怕我們有煩惱，拒絕煩惱，心安靜得如水一樣，一點波紋都沒有的水，風一吹水就有波紋，很正常，如風吹水，自然成紋，你生活在世界上，怎麼會不遇到風呢，風一來不是水面就不平靜了嘛，那是煩惱來了。但是你不要跟著煩惱走掉，煩惱是水上的波浪，水還是

悟道德

水。水的波浪起來或者下去，並不會增加水或者減少水。大海每天的海面在洶湧澎湃吧，大海的總量增多了還是減少了？不增不減。所以這就是道，要我們抓住煩惱來修這個心，因為煩惱也來自於心。

第三章

致良知——心學的智慧與實踐

第三章
致良知——心學的智慧與實踐

心稱為「心之本體」、「心體」、「本心」，其實這些概念很早就有了。在王陽明之前，陸九淵也講，朱熹、孟子也講，人的本心等同於「天理」，和後天混雜著人欲的心區別開來。

所以「致良知」是王陽明心學的全部學問，心學概括的話就是這三個字。「致」是甚麼意思？這個「致」不是獲得，我們本來就擁有，又何需要去取它呢？「致」也不是創建，不是要把良知建立起來。在我看來，良知有聲音的，致良知就是聽良知。根本的關鍵處就是聽，只怕是你聽不到。有時候受到干擾了，你就聽不到。干擾來自於種種，一種叫「私慾」，還有一種叫「邏輯」：如果你理性的邏輯很發達也讓你聽不到。良知是超越邏輯的，放下你那個邏輯的心，邏輯的頭腦，放下你的私慾對你的支配，你才可能「聽」。這「聽」是一種努力。

上一章重點提到心學的第一個點「心即理」，說明一個道理就是你的心，才是「你」的理，心學不是心臟學，不是心理學，無法用英語中的Heart或Mind來表達。

我們要領悟「致良知」之前，必須要再一次理解「心即理」，它指出了這個心的存在，但是每每被我們丟失，要再把它找回來。這個心的亡失，實際上是很容易發生，很自然便會。比方說，我們出生到這個世界上來，在孩提時會擁有童心。它本來就在我們身上，只是隨年月漸長會丟失。當你慢慢成長，學會了趨利避害，便慢慢泯滅。當我們認為世上要趨利避害，這樣就能進入了人生的所謂功利境界，其實就是心之亡失。心丟失了，人生也就不自在起來，中國老百姓的那句話說的真好：「自在不成人，成人不自在」。

我們現在教育自己的下一代的方式，就是讓他們早早的不自在，愈早愈好。在幼稚園起要開始學算術、英語；幼稚園最好是名校幼稚園，普通話、廣東話、英語一起來，再加上小學奧數甚麼的。早早把孩子推上了人生競爭的舞臺。在幼兒階段已讓他們知道利害得失，教育他們的前程取決於自己所擁有的知識經濟手段。讓他們更好的丟失那個心，然後再把它們求回來，很難。

不懂敬畏生命的人，成長中沒有讀過偉大的悲劇、靈魂沒有得到過洗禮、心靈沒有受到過震撼。我們追求卓越，我們失去了靈魂的卓越。我們的基礎教育出了嚴重的問題。

為甚麼不好好讀一點心學呢，最起碼是《傳習錄》，然後《道德經》《清靜經》。

平時我們都有心，但此心是假的，支配著我們的，讓我們形成了種種的慾望、期待、焦慮、恐懼、絕望等等。這個心是業力造成的。怎樣才可以擊破這業力的心？運用「心即理」。理就是我們的心，也就是宇宙，是「大其心」。社會要解決的問題是人生問題，人生問題的解決就是守護和滋養我們的心。

它不是針對頭腦的。西方人針對頭腦，中國人學養心，要把我們的心養得和天一樣大。「宇宙便是吾心，吾心即是宇宙」。還記得這句話嗎？

我再舉一個簡單的例子來說明。我們每一個來到這個世界上的男男女女注定了要愛一次，這並不是個人自己理智做出的決定。假如是個人主觀上決定的話，那世界便會很奇怪，一部分人決定去愛，另一部分人決定不愛，事實上卻沒有這回事。

每一個來到這個世間的男人和女人注定要愛一次，不是他們自己選擇的。這一點說明甚麼呢？說明我們還沒有來到這個世界上，已經有東西等著我們了，其中有一個就叫做愛情。

具體的一次戀愛，跟世界上任何具體的事物一樣，生生滅滅。因為具體的愛就是某一個男人跟某一個女人那份情感聯繫。它跟一個蘋果是一樣的，蘋果會成熟的，然後熟透了，然後開始腐爛，然後爛到最後甚麼影子都沒了。這一點上愛情和蘋果是一樣的，這是具體的兩個人之間的那份愛。但是當這一份愛消失時，並不等於愛本身沒了。愛仍然不朽的存在。假設某人戀愛過五次，五次都失戀了，於是他得出了一個重要的結論：認為世界上愛情本不存在。你說他這樣想對嗎？當然他是錯了。具體的愛情消失了，但愛本身並沒有消失。他說這句話只是代表他失去了「愛的能力」。

電影《非誠勿擾2》中，那首詩我很喜歡：「你見或者不見我，我就在那裡，不悲不喜。你念或者不念我，情就在那裡，不來不去。你愛或者不愛我，愛就在那裡，不增不減。」

（節錄自倉央嘉措《見與不見》）

甚麼叫我們的心？本心就是宇宙。甚麼叫宇宙？人類生活本有的價值。它不生不滅，不增不減。我們來到這世間上做一次人，就是展開我們的人生，就是要進入這本有的價值。

於是陸象山（又稱陸九淵）說了這樣的話：「宇宙內事乃己分內事」（《陸九淵集》卷36）。王陽明心學的先驅人物就是陸象山。你以為你跟那個異性的個人相戀是僅僅屬於你們個人的事嗎？不，它是宇宙內的事。然後你失戀了，是自己的事，也是宇宙內的事，它也是屬於宇宙內的，不是你個人的偶然不幸。

王陽明說：「此心光明，亦復何言」？不管周圍怎樣的黑暗，我們的心也可以是光明的。王陽明的心學在中國發起，果實結到日本。日本國民之精神由陽明學說始。王陽明的墓是日本人修的。他們每年都要來。我們能不能成為一個堂堂正正的中國人？

那甚麼叫修行呢？就是不斷的在心裡「擦灰」。有人說要不斷的把我們的心，跟外部世界隔絕開來，保持這種隔絕。因為外部世界充滿了煩惱。這是心與煩惱對立了，而這個對立是錯的。上一章我們有討論過：煩惱就來自於我們的心，智慧也來自我們的心。智慧跟煩惱是對立的，但它們同出一源，根源還是那個心。你怎麼能讓同一根源的兩者，看成二元對立呢，這是其中一個錯。還有一個錯。就是他把修行看作是對煩惱的拒絕，這意味著把眾生的煩惱拒之於門外，這不是心學的智慧。

大智慧就是大悲憫，你沒有悲憫就沒有智慧。我們怎麼把本有的煩惱拒之門外呢？我們要擁抱煩惱，把眾生都有的煩惱也看成自己的煩惱，看眾生的罪過也看成是自己的罪過，要你自己親身感受一遍。所以智慧就是悲憫，有悲憫的人慧根不淺，悲憫和智慧是同一件事情，然後你的心就大了。當你打破了形骸之間隔，你的心就大了。畢境心裏小的人又怎能悲憫呢？

當人有出世的精神後，就要回到世間，再次入世修行。因為回到生活上，萬事萬物的真實意義才向你呈現。所以天道即人心，平時看不到，因為心遮蔽起來你看不到，那不是用眼睛看，而是由心看。道教很多法門讓大家存思存想，這個「觀」不是用眼睛看，是從本心看起來。這個本心大如天，叫「宇宙便是吾心，吾心便是宇宙」。把小我放下了，叫去「除了人我別」。「人我別」並不是本來面目。

試想一下，我們頭腦中理解了一部分道理，它能不能成為我們生命實踐的動力？不可能。生命實踐的動力來自於心，它是生命情感。讓我們在這個世界上去行動，去實踐的動力絕不來自於頭腦。驅使我們去行動的是情感的力量，而情感發自於心，這個發自於心的情感要在它的本心的真想裏面，那叫天理。「心即理」。此「理」並不是概念判斷推理，不是自然科學的定律，是生命情感的真相。你首先掌握這一點，你就掌握了王陽明心學的第一個命題：「心即理」。

這是就是心學的目標：「破心中之賊」，陽明心學第一個命題，「心即理」，心外沒有理。我們現在做事情每每憑的是心外之理。

這樣就能走到我們的第二步：「致良知」。所以王陽明說：「天理乃昭明靈覺處」，良知表現為理的「知覺」。這叫做「知善知惡是良知」。心體本無善無惡，落在具體的經驗層面才有了善惡，而一日意念產生善惡，我們的良知會立即知曉哪些是善、哪些是惡。從而以良知的判斷為依據，去做「為善去惡」的格物功夫，回到心體無善無惡的狀態。

良知是否能知，直接決定了理學與心學方法論的不同。在朱熹那裡，我們的本心雖然稟賦著完整的天理，但本心作為「本體」是「寂然不動」的，我們無法直接認識內在於我們的理。所以朱熹格外強調外在的知識學習，要去和人溝通討論我們行為的「標準」在哪，再努力使行為合乎這個標準。因此朱熹的理學被稱為「性學」，以區別於「心學」。但王陽明認為，良知是可以直接在內在認識道理的，我們只要聽憑內心的指引行動就可以了。從這意義上來說，可以知道「心即理」，心不止「是」理，還可以「知」理，心就是行為的「準則」。

心內之理就是天理，天理在人心裏，就是良知。心之德，明德即是良知。「良知乃是天理之昭明靈覺處，故良知即是天理」。「羞惡之心人皆有之」，這個心就是良知的呈現。良知當下呈現了，當下就呈現。大思想家所說的不是隨便說，它不是頭腦中的推理。他的生命情感的真相在此時此刻不由自主呈現了，這不是頭腦的事，是心的事。良知不是在我們的頭腦裏，是在我們的心裏，這個心裏面是生命情感，頭腦裏面是概念判斷推理。我們別誤解了良知，良知不是康德所說的「先天知識」，良知是我們生命情感的本真的存在。

生命情感在哪里？不在頭腦裏，在心中。頭腦和心有區別，要說明頭腦和心的區分太容易了，心更根本。頭腦裏面活動的是根據概念判斷和推理，心裏面活動的則是生命體驗、生命感受。試想一下，我們是否可能用我們頭腦中的概念判斷推理，把我們心中的情感給消解掉，不可能的。這就是王陽明所

悟道德

講的「心」，不是西方學者所說的「理性」。「理性」是頭腦的工作，頭腦的能力。心是生命情感，生命情感本真的存在你平時看不到，但在關鍵的場合它會突然爆發出來，那叫「當下呈現」。

「知是心之本體，心自然會知。見父自然知孝，見兄自然知弟，見孺子入井，自然知惻隱，此便是良知，不假外求。」（《傳習錄》8條）看見父母自然知道孝順；看見兄弟自然想要友愛；看見小孩子要掉進井裏，你自然想要抓住他。這種能力我們生來就有，每個人都有。只不過人會在後天因為私慾的遮蔽而喪失這種能力。

關於良知，王陽明還有一個審盜賊的故事。一個盜賊挑釁他說：「王先生你不是說人皆有良知嗎？我作為一個資深職業盜賊，你看我有沒有良知呀？」王陽明沉思半響，說到：「天氣炎熱，不如你把衣服脫了。」那盜賊二話不說就脫下了衣服。王陽明又指著褲子說，把褲子也脫了吧。盜賊順手把褲子給脫掉了，只剩下一條遮羞褲。王陽明指著那條遮羞褲，說：「把這最後那條褲子也脫了吧？我們再說話。」盜賊的臉色忽然忸怩了起來，「王先生，這恐怕不好，就剩下這條唯一的褲子，給我留下吧。」王陽明大喝一聲，「良知當下呈現」。（故事摘自《傳習錄》）

人的良知雖然在後天會被人的慾望遮蔽，但它畢竟還在。這時就需要人心那一點「靈明」，有了這點靈明，便得到一線希望，人可以給自己啟蒙。

你可能會問，如果人心已經被私慾遮蔽得很多，怎麼辨呢？我怎麼知道我是在跟隨本心還是在跟隨私慾呢？這也是心學常被人詬病的地方，容易陷入「主觀主義」的危險。對此，王陽明的答案是，你愈相信良知，良知就會愈光明，你愈跟隨它去行動，用良知分辯是非善惡、判斷出恰當的行為便會愈來愈準。

王陽明的論道就是講直覺的，離開了直覺就談不上是心學，這種「直覺感」，來自於直覺體驗與理性積累的結合。今天你覺得這樣是對，便去行動，當你行動，外界就會給你回饋，你亦可以從中增強你的認知。

另一邊面，如何增強你的認知，這就是「知行合一」的工夫論，「知」和「行」是一體兩面，行動了就一定知道，不去行動就永遠不可能「真知」。加上「為善去惡」的格物工夫，心體就會愈來愈光明。王陽明拿鏡子做過比喻，私慾就像鏡子上的污垢，大部分人都有，但大部分人的污垢也都還不至於把整面鏡子蒙住，畢竟還有點乾淨的地方，你就從那塊乾淨的地方入手，知是知非，存善去惡，一點點刮掉鏡子上的污垢。

所以心學只適合勇者，你要有敢去犯錯的勇氣，並且有對自己的行為百分之百負責的勇氣。王陽明也犯過錯，也走過彎路，他不是一上來就在龍場徹悟心學的，他從八歲起就在思考人生真相：「初溺於任俠之習；再溺於騎射之習；三溺於詞章之習；四溺於神仙之習」，中間還沉溺於朱熹格物之學，「格」竹子（探究竹子的本質）七天七夜格到積思成疾，在儒釋

道法兵、理學心學之間來回嘗試，最後才在龍場悟出「心」這個字

所以心學對於工夫的要求，甚至比理學還要嚴格，它要求你時時刻刻覺察良知，善便存、惡便去，因為你真的有可能犯錯，這個錯也得你自己承擔。理學就不大容易出錯，它有個外在的標準在，這個標準是古往今來無數人討論出來的，可問題是：大多數人贊同的觀點就是真理嗎？它就一定適合你嗎？如果說大部分人都是活在這個時代的地平線以下的，那麼王陽明就是直接衝破這個地平線的。心學所帶來的這股能量，是硬生生把地平線抬高，讓你看到它以下是怎樣。大家都知道陽明心學對日韓的影響很深，日本和韓國的現代化思維，亦有陽明心學的影子。證明陽明心學對他們有啟蒙、點燈的作用。

理學的標準很容易變為僵化的教條，在那個年代，就是三綱五常，所以統治者很喜歡。從嘉靖皇帝就能看出來，他有多麼畏懼心學，要專門為打壓王陽明而攬出個「學禁」運動，不准傳播心學。甚至即使王陽明打勝仗，平定了寧王叛亂。也拖了六年才給他造劵祿米（獎賞），而且是因為想找他出來打仗才頒給他。在王陽明平定思、田兩地的民亂後，皇帝還專門從他的奏疏中挑了兩條毫無道理的罪證拖著他。既不許他入朝，又不許他回鄉養病，直接把王陽明硬生生耗死在兩廣地區。

為甚麼皇帝這麼怕呢？因為心學會讓你成為你自己，而不只是一個標準化的人。朱熹討論「理一分殊」，提到要完整地完滿太極在個體身上展現為不同的特質。這個世界上就有些人重邏輯、也有些人喜歡藝術；有的人就是喜歡種田，有的人喜歡經商。大家要去探索出自己的道路，在各自的「性分」上，活出本來面貌。

當你實現自我價值，就已經參與進了整個豐富的天地演化的進程中，這個就是「天命」。那不是說每個人都要去讀博士，雖然世俗的道理告訴你，讀博士更有可能找個好工作，找個好工作才能好好孝順父母、養育子女，那當然好。

這在儒家也是一個很經典的命題，叫做「鳶飛魚躍」。「鳶飛戾天魚躍於淵。」你是一只鳥，你就盡情翱翔於天，你是只魚，你就自在地做一只魚。鳥不必去學習魚的技能，魚不必去明白鳥的道理，大家在一種「活潑」的、自然而然的境果裏，實現了自身也體現了天道。

鳥生下來就知道它要飛才能成為一只鳥，魚生下來就知道它要會游泳才能稱得上是一只魚，所以作為人你怎麼就不能知道關於自己的道理呢？

時下中國社會有些醜惡的社會現象，這些現象不是由於我們對理沒有瞭解。我們都瞭解那理，比如孝之理，問題是我們沒有孝親之心啊。心是情感，是生命情感。

王陽明說：「天下是因為有孝親之心，才會有孝之理」。這個道理在哪裡？你查一查論語就知道了。孔子曾問宰我思量要守孝多久時，問到「心安與否」？（守孝時間不是重點，而是自己的心是否安樂）。在論語裡，我們理解到「仁」並不是一個概念，是生命情感的真相。我們對父母的愛從哪裡來？是因為我們親身感受過父母親的關愛和恩典，在他們的關愛和撫養下長大，也親身感受過他們給予的恩典。如果我們不去回報，我們會心安嗎？

孝親之心就是這麼來的，它不是來自於我們頭腦對道理的認識，而是來自於我們對父母關愛自己的親身感受。有了這份感受我們就需要去回報，而且不回報心不安。安與不安不是頭腦的事情，是心的事情。心不安是有聲音的，這個聲音就是良知的呼聲。良知是天理的靈覺，它才是真正的力量，頭腦是壓不過它的。

現代沒有皇帝了，仍然存在君臣關係。君就是我們的中華民族，而我們是這中華民族的其中一員，是這民族的臣，這層君臣關係永遠存在。比如你走到天涯海角你都知道自己是中國人，你不是世界公民，沒有世界公民。現代的君臣關係仍然存在。愛國是一種生命情感，是從人與人的關係中來，我們的心就是這麼來，基本五個方面，分別是父子之間、兄弟之間、朋友之間、夫妻之間、君臣之間。在這種關係之間，你仍然是個體，在中國文化中是不可思議的。

甚麼叫自我價值的實現？於中國人而言是不可思議的。我們中國人判斷成功或失敗的基準在我們跟親人的關係中，也關乎於我們跟民族的關係中；如果你在人生的舞臺上取得了成功，你就感覺到自我價值實現了嗎？不，你會想讓父母知道，讓他們為你驕傲；也想讓妻子或丈夫、孩子知道，是我們人生價值的實現方式。我們會因為民族而覺得了不起，我們中國人也會視下一代為命根子，真正的中國人都為下一代而奮鬥的。這是個了不起的民族，甚麼是為下一代？因為下一代就是未來，為我們整個民族的未來而奮鬥。為了下一代，哪怕這輩子吃了再多的苦也堅持，只為了下一代能超越我們的生活。也為下一代開闢光明幸福的人生道路，吃再多的苦都可以。世界上還有另外一個民族是這樣的嗎？沒有。

我們這個民族的生存方式、人生價值、境界、在儒道佛裏面，不在西方宗教和西方論道裏面。王陽明所講的心是良知所在的地方，而良知不是理性認識，是對人與人的關係的真相領會。因為有孝親之心，才有了孝之理，而孝親之心就在人與人的關係中來。我們感受到父母親給我們的恩典，我們想要去回報。這個孝親之心，「無此心，即無此理」。我們無法在英語裡找到代表「孝子」的詞。孝不是概念，是生命情感的一個方面的真相。

最後問一個問題，我們如何去「聽」呢？就是在自己的生命實踐中聽，這個「聽」就是「行」。「行」就是「生命實踐」，離開「行」，永不可能「聽」。「行」的方法就是「聽」，「致」就是「聽」，如何「聽」，至於怎樣聽，就是要知行合一。

王陽明一生三不朽。立功、立德、立言。中國一代近代史上那些重要人物無一不是王陽明的信徒。當你明白了王陽明的心學，你會明白不因你有止於至善的目標，而知道達到甚麼。「知止而後能定，定而後能靜，靜而後能安，安而後能慮，慮

悟道德

而後能得。定靜安慮。」——《大學》事實上是當你知道了天理，就知道最終要達到甚麼。

第四章

自我決定是生而爲人的本質

第四章
自我決定是生而為人的本質

別人問我最好的改運方法是甚麼？我告訴他，學會投胎最好。如果我給你學會了投胎，可以提前讓你規劃好一生要經歷的所有事情，然後鑽進一台機器中，像看VR電影一樣度過你的一生，你會選擇使用這台機器嗎？

在鑽進機器前你可以給自己設定背景和經歷：出生起就長得漂亮或者帥氣、被很多人喜歡、有個好姻緣、出生在一個富貴的家庭、年紀輕輕環遊世界、事業有成、兒女雙全、最後得個善終，你覺得這是一種有意義的人生嗎？

這種人生在道家的世界裡，是「沒有意義」。因為「心即理」，人「主動」選擇的，才能產生意義和價值，你「自我決定」的這股力量，是人生而為人的本質。單純的事實帶來不了價值。

能決定我們應該怎樣做的只有我們自己。

明武宗時期，太監劉瑾亂政。如果你是高官子弟、只是小有成績的職場新人，看見自己的同僚一個個被捕入獄。你會選擇默不作聲，還是努力發聲呢？顯然王陽明選擇了後者，結果被貶龍場。在龍場，面對滿目荒涼、前途未卜，你又會選擇自暴自棄，還是堅持下去呢？王陽明選擇了後者。他不僅僅有了龍場之悟，還在這裡帶頭耕稼，在人民之間推廣華夏的耕種方法。當地的人民還為他建了一個龍岡書院，請陽明來講學。後來他在仕途中，為皇帝於「平阿賈阿笥之亂」中建言獻策，有功而升廬陵城的知縣，才有後來的「廬陵善治」。後來皇帝要求他討伐思恩、田州兩地（起征思田），朝廷希望他以武力鎮壓。可是王陽明認為那些人都是被誣陷而後不得不反的，又再陷入應否放他們一條生路，自己會蒙受爭議的困局當中。

正因為我們無法知道做決定後會得到怎樣的結果，有了這種困惑。才得以讓內心的聲音就被突顯出來。感受一下，如果這件事能得良知接受，就去做；良知過不去的，就不做。

心學就是讓我們去過一種高價值感的生活。雖然我們今天是一個講究利益和效用的年代，但我們仍舊會被心學與王陽明的經歷所打動，那正是良知的聲音。它告訴我們：事實之外，還有價值。生活之外，還有生命。

這裡我們又討論一個經典的命題：「義命分立」。「義」代表人的自由意志，是「心」的主宰；「命」代表不可控的命運和客觀限制。有些文化會認為，這世上有上帝，祂同時主宰了人心和命運，所以我們要崇拜上帝；有的文化則認為我們需要瞭解事實的必然規律，人只要順應這些規律去行動就好了。問題來了：人如果只能聽憑規律行事，又有自由可言嗎？還有些文化認為，自由意志在這個客觀世界上根本無所作為，沒有意義，所以我們應該要捨離這個世界，追求「彼岸」的。那些超越主宰者，是神權主義；跟從自然事實者，是物化主義；持捨離之論者，是出世主義。

所以才有孔子的「知其不可而為之」，只要是內心認定應該要做的事情，哪怕知道做不成，也堅定地做下去。就像孔子明明知道他的思想在那個年代不可能被統治者接受，但他仍舊堅持講學。沒人想到的是，星星之火可以燎原，就這樣開啟了一個民族幾千年的文化道路。王陽明講心學也是同樣的情況，在嘉靖時期「學禁」的陰霾下，王陽明那股「狂者」氣勢被徹底激發出來，愈不讓我講我愈要講。朋友說他最大的問題就是好講學，不然他就可以入閣做官，王陽明說寧可不做官也要講心學。

心學的傳播也是靠著王陽明的弟子們學著老師這股精神，老師死了以後，大家眾志成城，薪盡火傳，在學禁下反而出現了心學傳播的高峰，影響到五百年後的今天，曾國藩、孫中山、蔣介石、還有我們的毛主席也寫過一篇名叫《心之力》的文章。甚至影響到日韓的近代化，尤其是日本的明治維新，這點已經是國際學界的共識了。這些根本不是人的頭腦能夠想到的事情，這只能是「心的能量」。

陽明心學影響之廣，上至朝廷官吏、文人士大夫，下至販夫走卒，前後五百年，深入人心，就在於它喚醒了每一個普通人「存在」的激情，讓大多數人在日復一日、蠅營狗苟的日常生活裏，保有一種高度的主動性，哪怕是最細小的努力，都灌注著對自我價值的肯定，因為「人人皆有良知」，「聖人必可學而至」。

還有王陽明提出的「善是心之本體」，善是我們的本來面目。這裏的善，就是與惡相對待的善。「心之本體哪有不善」？一個人如果沒有任何私慾的遮蔽，他必定是有道德。為甚麼？當你只能感受到自己的感受，會以自己為中心，這個就是比較「麻木」的狀態。慢慢開始修煉後，感官就會變得敏銳了，那人便能感受到別人的感受了，這個就是恢復了「知覺」的狀態，因此能夠「貫通」他者。他會想自然而然地想要推己及人，做到己所不欲勿施於人。我不想被人這麼對待，我就不會這麼來對待你。「人同此心，心同此理」。這個就是「仁」，就是道德。那人就在不知不覺中，實踐了儒家的「孝弟」之德。

所以，我個人認為，「仁」最核心的含義，是「知覺」。中醫裏面講「手足麻木不仁」，仁的反面就是麻木、僵硬、氣血不流暢。仁的「知覺」含義，又和我們說的「良知知是知非」、「知是心之本體」貫通起來了。可以說王陽明用「知」這個字眼，重新串聯起了孔子的「仁」和孟子的「心」。心醒著就是覺知，就是「仁」是一種對於自己以及他者的存在狀態的「感知」。

「克己復禮為仁」在覺知狀態下，一方面，由於你在以真誠、期待的態度面對自己，你會感受到內在有一股自我要求的力量，讓自己去成為更好、更完善的人。這份「知覺」就像種子，就像核桃仁的那個「仁」，是一個人的生命力所在。

比如我們都知道，別人送你禮物，就算你不是那麼的喜歡，你也不能當面說出來，這種「禮節」的形成，是自然而然的，而不是因為外在規定。所有「禮儀」背後都要有一份心的情感作為支撐，否則就變成了「形式」。

孔子的學生宰我問孔子，為父母服喪三年是不是太久了點？稍微服喪一段時間就可以了吧。孔子反問他，你心安不？宰我回答：「安。」孔子就說，你覺得心安就這麼做吧。可見儒家所強調的「禮」後面，都有一份生命情感的支撐。再包括，儒家和墨家的差異，儒家認為為仁行善一定是由近及遠的，先照顧好父母、兄弟、親人，再推擴至社會上其他的人。而墨家主張「兼愛」，一開始對所有人都要一視同仁。所以當你的家人和陌生人都要餓死了，你只有一碗飯，你給了自己的家人，儒家是不會來苛責你的，因為這就是人之常情，就是理之所在。

這樣一種內在真實的情感推擴出去，從家人、到朋友、同事、陌生人，就是王陽明所描述的「仁者以天地萬物為一體」的境界，這個時候你就真正地實現自我了，從「小我」蛻變為「大我」。

王陽明的理想社會，給我最大的感受就是：每一個人都活得好「安心」，能夠在社會上找到自己的位置。做擅長的事，不以職位為高低貴賤，只考慮怎麼把自己的工作做好來實現自我價值，社會鄰里之間互通有無、相生相養，一起完成贍養父母、教育子女的願望，每一個人都「志氣流貫、精神通達」……而實現這一切的前提是甚麼？是「人心同然」。如果我們能感受到每一個人都是跟我一樣的，就自然而然地想要推已及人，己所不欲、勿施於人。

這樣的一份「知覺」通向自己，人就能自我承擔、自我成就。通向他人，就是道德。而通向萬物，就是美學。

不知道大家有沒有過這樣的體驗？當我們的「心」和「感受」歸位的時候，你就能體會到這個世界更多的細節。走在路上，你能感受到風、感受到光線細微的變化，甚至感受到樹木在隱隱生長；做飯的時候，你能體會到食物自然的香氣；看見小草，會被他們的生命力所打動；看見花落，會莫名憂傷。有一年的下雨天我印象很深，我路過在社區樓下，在台階上逗留了一會兒，聽著那個雨聲，真的像是聽出萬物回歸一樣。能夠清晰地感知到雨從房檐下來、落在樹葉上、滲進泥土裏、在磚頭的縫隙裏淌過：雨下在不同地方，聲音是不一樣的。就好像你身體的細胞與萬物處在了一種「同頻共振」的狀態裏，而且對於時間的感知是會變慢的。佛祖拈花一笑到底在笑甚麼？我個人的理解，佛祖的那一刻，不是因為花美而快樂，而是通過花看見了自己的心，或者說，看到了眾生內心原本的樣子。

這樣一種境界，王陽明用一種非常具有美學色彩的語言描述了出來，於是著名的「岩中花樹」：「你未看此花時，此花與汝心同歸於寂，你來看此花時，此花顏色一時明白起來，便知此花不在你的心外。」

你要看一個人是怎樣的，就看他所描繪的世界是甚麼樣的。一個內在麻木、裝有各種私慾的人，他就愈難感受日常之美。一個人如果被捕入獄第二天要被處決還能欣賞花美的，他的精神境界一定很高，所以美和善是一回事，都是心的表現。

道德源自於心，是生命情感的真相，這個層面上說「心外無理」，實際上是在說「心外無善」，理解起來應當是沒有問題的。那麼王陽明「心即理」、「心外無理」這一命題，只限於道德之理嗎？到底包不包括具體的事理呢？我向內求，能不能直接悟出具體的事理和物理呢？如果能，那我們還需要學習嗎？這是陽明心學最有爭議的地方之一。

可以明確的是，如果王陽明只講道德，他一定辦不成那麼多事。因為道德不是道德品質，儒家又總是強調道德的重要性，說君主只要有道德就能治天下，在現代人眼裏這是件很不現實的事情，人善被人欺的大有人在。其實這裏的關鍵不在於「道德」二字，而在於是否恢復了心體。如果心體不受私慾遮蔽，人是自然而然有道德的，毫無疑問王陽明的道德水準極高。但儒家主張從培養道德入手，去恢復心體，因為一個人如果沒有道德，他的心一定不怎麼樣。心學就是讓人先保住善良，再善良出能力，但善良不直接等同於能力。

那為甚麼能夠善良出能力呢？心體澄明，不受任何私慾的干擾也就守住了自己的空性，空能生明，就像一面鏡子，如果鏡面上沒有任何污垢，鏡子就能照出世間萬物所有東西的本來面目，守住空性的人，就能一下子看清紛繁複雜的「相」背後的本質

王陽明帶兵打仗靠的就是這種能力，叫做「不動心」。同時他又有能力看穿別人的心，讓別人「動心」。一個總是跟隨著自己習氣行事的人，他的行事軌跡是很好預判的，表現出來的就

是王陽明能夠隨機應變，「此心不動，隨機而動」。正德十四年，寧王朱宸濠起兵叛亂，王陽明在寧王起兵前就察覺到了異常，開始徵集糧草士兵，他做了兩件事：第一是發檄文假稱朝廷已招募到十六萬大軍；第二使用反間計，從這裏就可以看出王陽明不是死講道德的人，因為反間計就是搞欺詐嘛，一個死讀聖賢書的人是做不出來的。這時寧王就開始著急了，想要去攻打南京，此時王陽明直搗南昌，寧王又覺得自己的老巢不保，趕回來救，王陽明沿路埋伏，最後在鄱陽湖上活捉寧王，從徵兵算起，平叛寧王一共埋伏三十五天，此時正德皇帝的軍隊剛剛出京城。在這個期間，他但凡心裏有一點害怕，害怕打仗失敗，害怕自己沒有能力，做決定就會猶疑，行事就會出問題。

但心學也沒有那麼玄，王陽明不是生來就會打仗的，不是說他打仗的時候心就像搜索引擎一樣，可以憑空搜索出一條一條的理論。他能屢戰屢勝是因為熟讀兵書，但不是所有讀過很多兵書的人，都能像王陽明一樣屢戰屢勝，「紙上談兵」的趙括大家都聽過。

差別就在於一個心如明鏡的人，是打通了內在的感覺通道的，能夠學習、整合、應用相關的事理物理，並且具有很強的直覺，在事物發展的節點上迅速做出判斷，這就是良知、知是知非能力的運用。注意這種關鍵時刻的判斷它仍舊不來自於大腦的分析，像打仗時各路謀士都是公說公有理婆說婆有理的，拿定主意還是要靠良知的直覺。

王陽明最開始學書法是靠臨摹，照貓畫虎。結果就老是不像。後來拿起筆，讓心裏有了雛形，再落筆，就成了。我自己寫文章的時候也有這樣的體會，比如我想把一個道理說清楚，一開始會去看各種人的解釋，然後判斷它們對我的文章有沒有用。一條條記下來，再去寫文章，但怎麼寫都寫不明白，寫出來的文章很生硬，沒法讀，因為有個「結果心」「功利心」在，妄圖用大腦規劃安排所有的流程。後來就乾脆放開自己，不去想寫文章的事，廣泛地去閱讀，讀著讀著，自己的理解就出來了，落筆的時候一些曾經覺得沒有用的材料居然被整合起來了。這就是道家說的「以無為用」，要想讓「有形」的材料發揮出作用，得靠「無」。車輪能滾起來，是因為中間有個空的圓環；碗能裝東西，是因為中間被掏空了；房子能住人也是因為裏面是空的。所以你要想讓學到的東西自然地用出來，你的心也得是空的；同時你該學的也得去學，該有的材料也得要有，沒有磚頭肯定造不出房子。（「三十輻共一轂，當其無，有車之用。埏埴以為器，當其無，有器之用。鑿戶牖以為室，當其無，有室之用。故有之以為利，無之以為用。」《道德經》11章）

回到最初的問題：王陽明的「心外無理」包括具體的事理和物理嗎？既包括又不包括。說它不包括是因為心沒有辦法直接悟出具體的事理物理，至少對大部分普通人來說是這樣的。說它包括是因為，如果不用「心」去學，你知道再多道理也沒用，也不會「用」，所以你只需要操心自己的「良知」明不明，良知如果明白，第一，我們自然會在良知的指導下去學該學的知識，而且愈學愈有動力。比如我作為一個擅長文科的人就應該去讀文科，如果當年選擇了電腦、金融、建築，那我會愈學愈痛苦，而且因為大家頭腦的判斷都差不多，都只能看到短期的利益，一堆人蜂擁而上，結果就是幾年之後這些行業愈來愈內卷。「聖人無所不知，只是知個天理：無所不能，只是能個天理。聖人本體明白，故事事知個天理所在，便去盡個天理。不是本體明後，卻於天下事物都便知得，便做得來也。」聖人本心明白，就知道自己該去做甚麼，做好自己該做的。

並不是說聖人甚麼都知道、甚麼都會做。很多人有知識焦慮，希望自己甚麼都知道、甚麼都會一點，本質還是因為把「知識」和「財富」、「名聲」、「面子」捆綁在了一起，但這樣會愈學愈焦慮。「但不必知的，聖人自不消求知；其所當知的，聖人自能問人，如『子入太廟，每事問』。」（《傳習錄》227條）。如果不需要他去知道的，聖人不會想要知道。該他知道的，聖人自然會在良知的指導下去向別人學習。

我們能夠自然發揮「心」的空明的作用，活學活用，隨機應變。

人只要養好了自己的心，那麼你自然會「用」；如果沒有這樣澄明的「心」，即使你知道了世界上許多的知識道理，這些知識道理也與你無關，只是你的一種裝飾品罷了。但也不是完全不去學習外在的知識道理，只是要分清本末先後，以心為本，在良知的指導下去學習，這就是一種「知行合一」，你學習的時候、做事的時候也在「致良知」，培養自己的德性；如果茫茫蕩蕩地去學，這裏學一點那裡學一點，看別人學甚麼自己就去學甚麼，就是「分知行為兩事」。

所以，我們只需要擔心私慾有沒有被清理乾淨，心體是否澄明，不用擔心事情做不好。在這個意義上，「心外無理」「心即理是說，心是我們唯一要考慮的東西。」

王陽明向我們描述了，如果沒有種種私慾的遮蔽，我們內在原本的樣子。包括：(1)「至善是心之本體」、(2)「善是心之本體」、(3)「知是心之本體」。

除此之外他還提出：(4)「樂是心之本體」：心體的樂是一種高級的精神境界之樂，被王陽明稱為「真樂」，它跟人們在日常生活由於感性的體驗而產生的快樂不一樣。不是因為吃美食、穿好看的衣服帶來的快樂，甚至不是因為遊山玩水、琴棋書畫而產生的快樂，它是一種平淡卻持久的愉悅，有時候你感受到它就是沒來由的，走在路上會莫名其妙心情很好，或者因為一朵盛開的花而被觸動心底的滿足感，也就是佛祖拈花一笑時感受到的樂，那就是心體本身的樂。

以及還提出(5)「定是心之本體」：王陽明區分了定和靜，靜是相對於動而言的，定則是超越了動靜的。是一種無論你在靜坐冥想還是工作學習，是在做你喜歡的事還是不喜歡的事，都能保持鎮定、清醒、心安，能夠隨機應變的狀態。

以上，心體的特徵包括善、知、樂、定等等美好的品質和境界。用一個詞來概括就叫做「本自具足」。甚麼叫做本自具足？我無條件就是善良的、智慧的、快樂的、安定的。我不需要任何外在的事物來證明我是善知樂定的，我本來如此，這是我與生俱來的特徵和能力。

所以接下來我們要講的是，我們到底是怎麼失去快樂的？失去自己的本來面目的？造成這一切的就是「私慾」。

第五章 私慾——不恰當的善

第五章
私慾——不恰當的善

私慾看起來很好理解，就是小器、嫉妒、自私、暴戾、好色、好利、好名等等惡習。但是儒家，包括王陽明，有一個觀點，叫做「惡是善的不恰當」。就是說，天地間其實只有「善」，善擺在了不恰當的位置上，才是惡。那麼怎麼理解「好色、好利、好名」等等惡習也只是善擺錯了位置呢？

我們需要對私慾做進一步的分析。

我們通常認為人不能有私慾，等於在說我不能追求個人的快樂幸福、金錢，我要捨己為人、大公無私、奉獻自我才行。一定要把這個意識糾正過來，人完全可以去追求個人的快樂幸福。但因為本自具足，你不需要任何外在的人事物來證明你是快樂的。你想要自己過得快樂一點問題都沒有，你想要賺錢也一點問題都沒有，孔子都說「雖執鞭之士吾亦為之」，就是如果給人拉車很賺錢那我也會去拉車。但是，問題出在那裡呢？我們會給自己設限，我們會去限定自己的快樂。比如有些人覺得老公記不得自己生日了、朋友買了多少萬的車自己沒有就不快樂了，這就是限定了「我得擁有甚麼甚麼才是快樂的」、「擁有多少錢才是富足」、「要誰誰對我好我才幸福」、「只有超過某人才能證明我有價值」、「要比別人過得好才是成功」……就會產生嫉妒、自大、小器、自卑、敏感、惡性競爭等等痛苦。這也是為甚麼王陽明會說，「真樂」這個東西，

「常人有之而不自知，反自求許多憂苦，自加迷棄。但一念開明，反身而誠，則即此而在矣。」（《傳習錄》166條）

我在這裏給「私慾」下個定義，私慾指的是所有的限制性信念，私慾的表現形式是「向外求」，求物質、求金錢、求認可、求愛。

宋儒有一句「臭名昭著」的話，叫「存天理，滅人欲」，在大家的刻板印象裏，好像就是叫人們要去過禁欲系的生活。其實不是的。「人欲」指的不是所有的慾望，而是「私慾」，是過度的慾望，不合理的慾望。進一步來說，甚麼叫做「過度」？就是這個慾望已經會反噬我們自身了。

人謀求自我保存、自我發展的傾向，你想創業，想實現自我價值，想更豐富地體驗世界，都沒有問題，這順應了天地的生生之道。但你認為別人的存在會阻礙你的存在，從而想要把別人消滅，不允許別人生存發展，就出現「惡」了。而王陽明又認為天理與本心的方向是一致的。也就是說，當你活出真正自我的時候就是天理。

《清淨經》說過，「欲既不生，即是真靜」。那如何不生呢？比如說，一個企業，它資本擁有量有多少，是不是躋身世界五百強？有的企業資本的數量很少，在市場競爭的舞台上它的競爭力比較低，這些區分是客觀的。如何把它「不生」掉呢？似乎不可能。我口袋裏拿了一個博士學位證書，你只是一個高中文憑證書，這差別是真實的，於是導致甚麼？你去跑快遞，我成了企業的高管。這不是個客觀真實的差別嗎？這個「欲既不生」該怎麼理解？

最簡單的例子，你背著個 LV 包向我走來，我一眼望過去世界頂級的品牌包，然後我再看我自己這個包，它簡直不是包，但其實它還是包。你 LV 包比我這個包價格昂貴得多，品質也好得多，這是客觀事實。你這 LV 包價格再昂貴，品質再好，絕不妨礙我這包還是包，這叫甚麼？「欲既不生，即是真靜，真常應物，真常得性；常應常靜，常清靜矣。」

再多舉一個例子，這個例子雖然簡單，但都說明了我們在人世間各種事物、各種人的關係當中我們共同的毛病。就是：「既有妄心，即驚其神；既驚其神，即著萬物；既著萬物，即生貪求；既生貪求，即是煩惱」。如果你追求LV包總是得不到，你煩惱來了，據說有的年輕人薪水收入並不高，但他每天吃速食麵，終於積攢了那筆錢買了那個品牌包了。這種生活裏充滿煩惱，心生煩惱。煩惱並不是本來就在世界中，而是你心生出來的。心生煩惱表示心的一種用法，它生出煩惱了，我們也可以改變心的用法，讓它生出智慧，這種改變叫「真常之道，悟者自得，得悟道者，常清靜矣」。

我們平時的心，其實都是業識——業力造成的識，叫業識。也就是說我們平時的心它是假的，不是本心。為甚麼說它是假的？因為它是求如意的心。我有一個願望，我有一個期待，如果如願以償，我們就快樂了，這叫求如意的心。如果我們的願望期待落空了，沒實現，就不如意，煩惱就是不如意。

我們的心總是在求如意，能不能轉一轉，轉成「清淨之心」？遇到任何事物都如其本來的、領會事物的意義，而不是從小我的願望出發來領會事物的意義。

王陽明的四句理：「身之主宰便是心，心之所發便是意，意之主體便是知，意之所在便是物。」怎麼理解這個「意之所在便是物」？不是說意識直接形成了客觀事物，而是說你的意識活動必然有其對象，你要麼甚麼都不想，一旦有了意識，一定涉及到某個事物，反過來，事物也只有在我們的意識中才能被我們認識。

「你未看此花時，此花與汝同歸於寂。」注意這裏說的是「寂」，而不是「滅」，是這朵花不能被你認識，而不是客觀上不存在，「你來看此花時，此花顏色一時明白起來，便知此花不在你的心外。」至於你看出了甚麼樣的一朵花，是從植物學的角度分析它屬於甚麼科甚麼種，還是從美學的角度體會出它的某種品質，完全取決於你的心。

「如意在於事親，即事親便是一物，意在於事君，即事君便是一物，意在於仁民愛物，即仁民愛物便是一物，意在於視聽言動即視聽言動便是一物。所以某說，無心外之理，無心外之物。」（《傳習錄》,6條）

我們接觸到的任何事物，都會附加著我們對它的觀點。比如說一部手機，你認為它是甚麼？你知道可以用它來上網、購物、打電話、打遊戲的裝置；但在嬰兒看來它就是一個塊跟積木一樣的玩具；而在螞蟻看來，它可能跟張紙片沒甚麼區別。因為據說螞蟻的世界是二維的，它們看不到立體的東西。這三種觀點有誰對有誰錯嗎？再比如你的前任，你可能覺得他/她是個渣男渣女。但若在他/她媽媽眼裏，便是個寶貝兒子/女兒。

再比如，你在路上看見一張百元大鈔，覺得太幸運了，想要趕快把它撿起來。但可能一隻貓碰見，便會直接踩過去了，因為貓沒有金錢的意識，不覺得這張鈔票是甚麼。

就連所謂的用來認知客觀事物的科學，也不過是一種視角。「心外無物」的「心」有兩層，一層是個人的，還有一層是整個文明的，而個人從文明那裡接受了其中一種視角。舉個例子，比如物理學：牛頓基於日常經驗看出了「絕對時空」理論，愛因斯坦基於宇宙宏觀角度看出了「相對論」，那麼他們誰對誰錯？你能說牛頓就是錯嗎？我們每一天的生活都離不開他提出的經典力學。愛因斯坦的相對論亦造福了現代科學。可以說，如果螞蟻也有科學，那牠們的科學大概會發展成平面幾何學，因為牠們都是二維角度的。

我們都是透過內在信念觀察和塑造我們眼前這個世界，王陽明做過一個比喻：「如果沒有心，四肢不過是一塊僵死的肉。你的四肢是依據你心的意願視、聽、言、動。而外物不過是四肢的延伸，你也是根據心的意願控制它們的，追逐你想要的，排除你不想要的。你的內心如何對環境視、聽、言、動，你眼前的這個世界也會怎樣回饋於你。」

心理學上把這種將內在的意識外化的習慣叫做「投射」。

我們內在的私慾一方面會封印住你的內在動力，造成知行不一，也會讓它變成你看世界的濾鏡，創造你所有關係的劇本。

舉個例子，一個內在帶有「只有得到了對方的愛，我能證明自己是值得被愛」的想法，如果他沒有得到對方的愛，便會形成「我不值得被愛」的觀點。當這個觀點在心中形成，他往後看這個世界，會更傾向看到自己如何不被愛的事實，由此更進一步強化「我不值得被愛」這觀點。他在感情中，便很容易有不安全感，不停向對方尋求「你是不是愛我」的證明，常常疑神疑鬼。長久下來，對方便會受不了這樣的關係，想要逃離。又再一次的強加了「我不值得被愛」這「事實」。

如此，「敏感多疑」就成了他的性格，「感情不順」就成了他的命運。

如果像這例子主角一樣，知道了只是自己一再強化自己「不值得被愛」的觀點，可以怎麼樣？真正的理解他人，其實並不需要你感同身受，不需要你苦他人之苦，痛他人之痛。你需要透過現象看本質的能力，從這樣的視覺，發自內心的理解他，明白這個不是完整的她。真正的她一定是愛我的，真正的我也不是她形容的那樣。我們也可以採取一種方法：抽離。我發現一旦將距離拉開了，一切矛盾都不存在了。抽離一些會讓自己這樣想的人。也許對方會繼續抓身邊的人繼續他的劇本，但自己對於他的理解便已經不一樣。同時也會想回自己全部的好。

所以你看，甚麼叫境隨心轉。正因為在第一個階段，我通過自省向內看，努力地去消除了我內心的觀點，摘掉了濾鏡，才能夠看到問題的本質，從而採取最合適的做法。

《被討厭的勇氣》中有一句話：「一切的發生其實都沒有意義，是你的定義決定了你接下來的境遇。」看到半杯水，你的反應是「還有一半的水呢」，還是「只有一半的水了」？過去那些不好的經歷，

當你覺得遇上難題或難搞的人，讓你的人生很糟糕？還是他們只是你打怪升級路上的經驗輔助？你擁有不同信念看這件事，你的人生體驗會完全不同。「心外無物」告訴我們，你內在是甚麼樣的，世界就是甚麼樣的。

但注意，王陽明講「心外無物」的最終目的，並不是讓你去培養「好」的意識。因為「心外無物」的心是意識心，當中包括了本心和私慾，所以萬事萬物都會染著上我們的濾鏡。而「心外無物」的最高級的境界，是徹底清除私慾，恢復本心的空明，才能看到萬物本來的面目。《中庸》講「不誠無物」也是這個道理。如果不「誠」，有前見（濾鏡）在，你就看不到事物本來的樣子，而只能看到你想看到的樣子。木匠看松樹，只能看見棺材板。

所以我要求大家一起做一個練習：儘量不用昨天的觀點去看待今天的人事物。因為一旦有觀點，就會有投射。而有投射就在演之前的劇本，重複之前的模式。

試試做到：我不再覺得他是個暴躁的人，他是個固執的人，他是個沒用的人。每一天大家都是新的。表現出來的就是：我允許他們全然地做自己，體驗想要體驗的一切，同時，我也允許我全然地做我自己。你知道嗎？有時候僅僅是這樣，就可以改變他人。

我的外婆至親去世了，牽掛了很長一段時間。她那時狀態很差，極度悲觀，動不動就交代後事。我媽與姨媽聽到不知怎麼辦，只能安慰說到：「你要想開啊、不能難過、不能哭。」結果狀態愈來愈差，沒說幾句話彼此都受不了，我媽與姨媽作為子女很擔心，覺得這樣下去要完蛋了。

我則選擇跟外婆說：「想哭就哭，這很正常啊，我跟你一起哭。那些她們不願意聽的話，你可以跟我說。」會這樣說，因為我不認為她會永遠這樣。而且如果這真的是她的靈魂想要體驗的事情，我沒有資格來改變她，唯一能做的就是陪伴。但同時，我會過好我自己的。因為我的開心、幸福積極這些高頻情緒是會直接帶動她的，當她把原有的負面情緒釋放完，亦會愈來愈好。

面對家人很多人都會比較緊張，其實有很多「問題」是對家人之間的投射。你看見的問題，它不一定是負面觀點，卻讓我們被大量的「我為了你好」、「我擔心你」、「所以你得聽我的」緊緊抓住。這是一種小愛。這些觀點背後的意識反而是我不信任你，沒了我你過不好的，結果關係因為這些觀點愈來愈差。

所以王陽明說人的心裏，不要有壞的念頭，連所謂的好的念頭也不要有。好比眼睛裏摻些沙子摻不得，就算摻些金玉屑，眼睛也睜不開了。心體上著不得一念留滯，就如眼著不得些子塵沙。些子能得幾多？滿眼便昏天黑地了。」「這一念不但是私念，便是好的念頭，亦著不得些子。如眼中放些金玉屑，眼亦開不得了。」（《傳習錄》335條）

而當你回歸到「無善無惡」的心之本體，回歸「無」。你不會斷情絕愛的冷漠自私，因為道家思想裏面，徹底的無就是徹底的有，本自具足的自性就像一束光源一樣，它是向外發散自己的，所以儒釋道三家修到最後一定都是「仁者以天地萬物為一體」的大愛境界。

第六章 覺知的實踐

第六章
覺知的實踐

《莊子》有一句話：「相濡以沫，不如相忘於江湖」。與其大家像擱淺的魚一樣，在匱乏之中彼此擔心、付出、愧疚、糾纏，不如放手，統統回歸江河湖海的未知，各自體驗，才能圓滿。這背後的能量，反而是一種大愛：我相信你，也沒有甚麼能真正傷害你，因為你的良知本我本自具足，已經安排好了一切。

發現了嗎？天道就是這麼對待我們的，它不是來控制你，規定你必須吃甚麼樣的飯，做甚麼樣的事，成為甚麼樣的人。

天地無情有愛，所謂無情就是「天地不仁，以萬物為芻狗」（《道德經》第5章），天地沒有偏私，它不會對誰更特殊，它只是讓你體驗到「心外無物」，體驗到你是誰，所謂有愛，就是「上天有好生之德」，你可以以任何你想要的狀態存在，只要改變，就可以實現。

我經常說，「你還活在你的戲裏呢」。很多人不以為然，總覺得甚麼「劇本」啊「濾鏡」啊的字眼，用來形容人生的痛苦，未免太輕飄飄了。但是當我見證過「境隨心轉」，見證過他人會因為我的存在而改變，再回頭去看，發現原來一切真的沒有那麼真實。

我們前面講過「覺知」，它是「仁」的核心含義之一，是人克服習氣通向他人與萬物的基礎。之所以前面花這麼多篇幅講它，是因為陽明心學工夫的核心就這兩個字--「覺知」。

因為良知不僅是「天理」，還是「天理之昭明靈覺處」，良知表現為理的「知覺」，它每時每刻都在給你指引。比如，在你熬夜玩手機的時候，你的內心會有一個聲音在說：我需要睡覺；在你想去吃一碗泡面的時候，你的身體會有一個不舒服的抗拒的感覺。乃至於這個專案能不能投？別人送禮給我這個禮我能不能收？

我當下這個念頭來自於心還是來自於腦？這些良知自然知道，因此你只要「覺」到就是「知」到，根據這個指引去行動，就是「知行合一」。

用王陽明的話來說，就是要「存得此心常見在」。你的意識要提起來，心得醒著，你要時時刻刻知道你在做甚麼，保持著「觀察者」的狀態，吃東西的時候要感受著食物的味道，說話的時候要知道自己在說甚麼、心裏在想甚麼，玩手機的時候也要感受著自己玩的這個好玩嗎？

當你能在每一個呼吸間，都能清晰地感知到自己的存在狀態，你的心學工夫就開始入門了。王陽明說這是「知晝」的狀態，把白天活明白了，其實也就是把人生活明白了。對比我們的日常經驗，是不是常常覺得自己腦子裏有無數念頭飛過，卻不知道自己到底想了些甚麼，常常「心不在焉」，一邊吃飯一邊看劇，結果就是「食而不知其味」。王陽明說這種就是「夢晝」的狀態，「懵懵而興，蠢蠢而食，行不著，習不察終日昏

昏，只是夢晝。」（《傳習錄》126條）

人看似醒著，卻像個機器人一樣。所以不要讓自己陷入「無意識」的狀態。大部分人都在「無意識」的狀態中，都是跟著業力、習氣、慣性走的，那樣的你只是業力的工具人而已。因此，覺知的第一個要點就是要保持觀察。

那你可能會問，雖然我覺到了知道了，可我還是沒法知行合一怎麼辦？我也知道我不該玩手機，可我還是停不下來。這就涉及到覺知的第二個要點：「如是觀」。觀察著你所有感受的同時，不去抗拒任何的感受，也就是心理學裏面經常說的「接納你所有的感受」，

「允許一切如其所是」，王陽明用了一個字叫做「照」，就像鏡子只是去照出萬物的本來面目，而不去更改它們。這是「良知」天然的特徵，這種特徵叫做「明覺」，「覺」即是「明」保持「覺知」就是保持「明」。

你玩手機對吧？在玩手機時你會感受到快樂、也會感受到身體的疲憊、頭腦的沉重、心裏的糾結、焦躁。只要你「真切」地去體會，那些不舒服的感受就會蓋過舒服的感受，這時你就會立馬丟掉手機去睡覺。如果只是用大腦跟自己喊「快去睡覺」「快去睡覺」，只會陷入到無盡地拉扯中。

我的一個朋友跟我說，她跟她老公吵了快一輩子了。有時候想想這樣吵下去沒意思，不想再吵了。可是當她老公晚回來，在他推開門的一瞬間，自己的火就會蹭蹭地一下子起來了，完全控制不住。為甚麼知行難以合一？因為你的習氣、業力所產生的那股慣力量太大了。你又沒有鍛煉你的意識，意識沒有自由度，跳不出業力的壓迫。

所以怎麼辦呢？只要在每次吵架的過程中，「觀察」到自己在吵架，就成功了。你就能看到，是對方的哪一句話，讓你自動化地升起甚麼樣的情緒，機械化地做出甚麼樣反應。你就能體會到你吵架時的憤怒、吵完之後的空虛、如果惹了事還要去善後的麻煩⋯然後仔細地想想，吵架真的有意思嗎？有用嗎？舒服嗎？

你的每一次如是觀，每一次對自己狀態的深刻觀察，都是對主體意識的一次提煉，哪怕這次吵架的時候就覺知了一秒鐘，下次兩秒鐘，都是進步，這個就像鍛煉肌肉一樣，肌肉是慢慢增長出來的。慢慢地你就能發現，定力變強了，我可以讓自己重新回到當下，意識的自由度上來了，我就可以跳出業力，重新去做選擇原本脫口而出的那句話還要不要說、火還要不要發、這個決定還要不要這麼做。

在這個過程中，你還幹了一件事情，就是在放大你的感覺。因為人的「感覺」是能夠直接產生實踐的動力的，頭腦裏的概念推理知識，沒有這個功能。

我們在前文裏介紹了「真知」這個概念：只有心知道的，才可以被稱為「真知」，並且「真知即是行」，一旦你真的知道了，你一定會這麼去做，為甚麼？

因為心知道的，是聯繫著生命感受。王陽明說，《大學》這本書裏已經指出了甚麼叫「真知行」。你看見美色就會立即心生歡喜，聞到惡臭就會厭惡，立即伸手把鼻子掩住。「看見美色」屬於「知」，「心生歡喜」屬於「行」；「聞到惡臭」屬於「知」，「掩住鼻子」屬於「行」，兩者是同時發生的，這個就是知行本體的合一。就像你的手握住一杯滾燙的水，在你感覺到燙的同時，手便立即鬆開。「只見那好色時已自好了，不是見了後，又立個心去好。」你看見美色時心生的這份歡喜，是那一刻自然而然有反應，不是你另外告訴自己「要心生歡喜」才生起來的。

就像一個懂得學習的人，會自發地去學習一樣。若是大腦先下命令，再去強迫自己執行的，其實都還沒有達到「真知行一」。人如果沒有辦法連接內在源源不斷的感性動力，這人的精力就是有限的，這個時候你是「以行制性」。

我有一個同學，在假期裏減肥，開學時瘦了三十斤，但我一看她的狀態，就知道她不久之後一定會反彈。因為她節食鍛煉時都很痛苦，這些都是在消耗她的能量，假期裏沒其他事的時候能堅持下來，等一忙起來就不行了，那是慾望爆炸的時刻。

凡是連結到身體感受的東西，都是很難回避的。怎樣堅持健身最不費力？一定是感受到了健身的快樂，一天不去就渾身難受。同樣地，一個每天吃得很健康的人，一定是感受到了紅薯、玉米的好吃，一吃垃圾食品就難受；反過來，這也是為甚麼煙酒毒品很難戒的原因。

通過覺知，你就能更加「真切」地體會你的感受，從而建立一個「感受」回饋系統。在你體會到身體並不想吃泡面，但仍舊控制不住的時候。沒關係，你可以去吃，但要去好好感受它是不是真的好吃。一個東西如果你實在戒不掉，那就去體驗嘛，體驗到極致。比如有的人問戀愛腦怎麼辦？那就去戀愛，去痛苦，直到你難受到不能再難受了，就鬆手了。

王陽明說：有毛病的人總是沒有辦法改正，問題不出在他們總是「忘記」自己的毛病，而是欠缺一份「真切」。我們的毛病就像是身上的痛癢處，只要真切地感受它們，就自然想要去抓，想要解決，否則人很難受呀。但很多人一難受就想逃避，習慣性地刷手機來掩蓋，要麼喝酒買醉。同樣地，有些人放不下孩子、擔心孩子吃虧；看不慣另一半在外面花天酒地；但你也沒有辦法用你的「經驗」，代替他人的「體驗」，你會發現跟人講「道理」是很難讓一個人改變的。你只有放手，讓他自己去體驗因果。「啞子吃苦瓜，與你說不得，你要知此苦，還須你自吃」「如此才是真知，即是行矣。」（《傳習錄》125條），他吃下去，口覺得苦了，以後都再也不會去吃。

放在道德上也是一樣的，人有道德，也就是因為有一份「感同身受」在，心即理，心是生命情感的真相，或者也可以說，情感是生命的真相，對比西方論道就總是試圖把人的情感剔除，完全地依據「理性」而活，王陽明反而把人的情感感受本體化了，把思想也感覺化了，「知覺是心之本體」「凡知覺處便是心」（《傳習錄》322條），他認為情感感受就是一種最好的指引，良知既然無時無刻在散發恰當的念頭，指引我們的生活，那它也一定在散發與這些念頭相對應的情感感受。

我也經常聽別人抱怨說，我也想修行，我也想去做自己想做的事，但我還有子女、父母要養，怎麼辦？我想說這是你曾經的選擇，你出於某些需要，選擇了結婚生孩子，那這就是種下的因，沒法說不要這個果。沒有辦法放下，就去拿起。有一個官員曾對王陽明說：「你說的修行很好啊，但是我平日裏有許多工作，沒辦法去修行」，陽明回答：「我何曾叫你離開你的工作去修行？」（《傳習錄》218條）你就在你的位置上做好該做的事，時間到了，生命真的會突然出現轉機，以你意想不到的方式。回避不了的，就去面對吧。

所以，行動一方面它是工夫，另一方面它是檢驗。你只有在現實生活中徹底改變了，把事情做成了，才能證明你的意識徹底調整過來了，才能證明你達到了真知的狀態。你只有做到了好好學習，並且是輕鬆愉悅自願地學習，才證明你真的知道了要好好學習。這也是為甚麼陽明強調「事上練」的重要性。你要根據你良知的聲音行動，在現實層面，使得人的實踐活動和社會事務從不合理的狀態轉變為合理的狀態，這個才算做到了格物。如果成功了就是「格物」了，如果失敗了就是「物」把他給「格」了。

所有的情緒穿過我而過，你可以把這種狀態理解為「替天行道」，因為在那一刻，一切「理當如此」。我必須用這一種方式告訴他，你是錯的，我必須成為他的鏡子，讓他看見他自己，讓他體驗到「心外無物」。

很多時候，所謂的惡有惡報，不體現為這個人做了壞事就會被雷劈被車撞，如果天道是這樣運行的話壓根不需要法律，要知道，這世上有一種惡叫做好人不發聲，而你為甚麼不肯發聲呢？要當和事佬、不做出頭鳥…本質上還是私慾，而如果你放縱這種私慾，由於心外無物嘛，你遲早也會因此吃虧。很多人說善無善報，有時候我們是把軟弱當成了善良。論語講的以德報怨還有後半句呢，以德報怨，何以報德？刻板印象裏儒家好像經常講寬容、講謙卑，實際上，儒家也相當推崇「勇」「仁者必有勇」；這也是為甚麼儒家不強調「愛」這個字，而強調「仁」，因為「仁」裏面包含了「義」這個原則。「心得其宜謂之義」（《傳習錄》170條），義就是恰當、合適，人如果沒有勇是行不了義的。

你運用這種中和之情生活的結果，就是「通」、「妙」，它不會給你的生活帶來麻煩。中就是不偏不倚，是恰如其分、理當如此。如果在發火的時候我心裏想著的是，「這次可出風頭了」，或者「正好我這段時間不爽呢來一個我罵一個」，這都是著了私慾在裏面。「才自家著些意思，便過不及，便是私。」但是這其中的區分非常精微，所以心學一定靠做工夫才能真正理解。

第七章 知行合一

第七章 知行合一

最後我們來梳理一下王陽明「知行合一」的思想體系。

知行本體是合一的，「知」和「行」按照它們的本來樣貌，原本就是合一的，知道甚麼就會做甚麼。這裏的「知」是「真知」、「本心」、「良知」、「天理」。

但是，由於私慾隔斷，「真知」和「行」發生了分裂，行動可以和「真知」保持一致，也可以和私慾保持一致。所以心學初期強調「立志」，當私慾很多的時候，我們順從人性，那人就是懶散的。因此要發揮出人的主觀能動性，主動地向「真知」靠近——「心即理」。

以上總結在一個詞中就是「致良知」。一方面，做「知行合一」工夫的基礎是時時刻刻聆聽良知的聲音，另一方面，所有的工夫都以恢復良知的完整面貌為目的。

最後，達到「從心所欲不逾矩」的自由境界，所思所想所聞所行皆由本心、皆是天理。總的來說，陽明心學工夫就是一個由「勉力」，到「自然」的過程。在初學時，它一定是有點費力的，就繼續還是保持覺知。愈敬畏，就愈自由。

我們看王陽明總覺得他有道家風範，因為他的那份灑脫、不羈。而我們通常理解的儒者，好像都是正襟危坐的道學先生。其實儒家也講自由和活潑。在《論語》裏的《侍坐篇》，孔子叫各位學生都說一說自己的志向，子路說，他要治理一個中等國家，在三年之內，使人知禮且有保衛國家的勇氣；冉求說，我可以去治理一個縱橫六七十里或者五六十里的小國家，三年使老百姓富足起來，至於禮樂教化，只能等待君子來推行了；公西華說，我願意穿著禮服，戴著禮帽，做一個小小的司儀就行了。最後問到曾點，曾點原本在彈瑟，這時鏗的一聲，放下瑟直起身來說，我跟他們都不一樣：「莫春者，春服既成，冠者五六人，童子六七人，浴乎沂，風乎舞雩，詠而歸。」我想在晚春的時候，穿上春天的衣服，和五六個成年人帶著六七個孩子，在沂水沐浴之後，在舞雩臺上吹風，唱著歌回家。這時，孔子喟然歎曰：「我與點也」，我贊同你啊。孔子到底贊同曾點的甚麼呢？曾點之志其實講的不是具體的事情，而是一種境界，他沒有子路的急切、冉求的功利、公西華的瑣屑，在曾點的境界裏，人與人之間突破了所有的區別、隔閡、規矩，真實無偽，率性而為，相親相愛，融於自然。這恰是儒家禮樂思想的根本。禮儀不是教條式的規範，而是使人們關係和諧的調試。修養也不是對本性的強制改造，而是人本性的自然養成。不是對自我的矯正，而是對自我的成就，「天命之謂性，率性之謂道」，人如果沒有活出天命，就是一種浪費。可以說，曾點之志，充分展現了儒家思想的張力。

這樣一種張力，叫做「敬畏」與「灑落」。有些儒者會擔心，過分的「灑落」會淡化人的道德與社會責任感，而過度的「敬畏」，又會使人不能擺脫道德的束縛感而輕鬆地發揮出人的潛能。

當你處於小我的狀態時會有很多的私慾。讓我們複習一遍私慾的狀態：「只有得到甚麼甚麼我才是快樂的。」私慾就是限制本身。在這樣一種狀態中，人心被聲色名利所佔據，你怎麼可能是自由的？只有當你開始做戒慎恐懼的工夫，唯恐自己被私慾帶偏，回歸真我，回歸無條件的快樂：吃大魚大肉是快樂的，吃一碗粥也是快樂的，這才是真正的自由。真我就是天理，你本身就是自由且活潑的，只因為種種私慾的限制使你不得自由，所以「灑落為吾心之體，敬畏為灑落之功。」（《答舒國用》）「常快活便是工夫。」（《傳習錄》25條）

心學不會讓你愈努力愈費勁，而是愈努力愈自由。

陽明四句教「無善無噁心之體，有善有惡意之動，知善知惡是良知，為善去惡是格物。」重點關注這兩句「無善無噁心之體」「知善知惡是良知」，有沒有想過這個問題，心體就是良知，那麼如果良知是無善無惡的，沒有任何內容、不分辨善惡，又怎麼知善知惡呢？良知既然是無，又怎麼同時做到「有」呢？

我先說結論：因為無等於有。

甚麼都沒有，就等於甚麼都有。一旦有了甚麼，就說明剩下的一切都不是你的。要理解這一點，我們來說說「道」這個概念。在《道德經》中，老子把「道」就稱為「無」，因為道不可以有任何規定性。舉個例子，一旦我說這支筆是黑色的，就相當於我在說這支筆不是紅的綠的黃的紫的藍的粉的……在說出一個肯定的同時，我說了無數個否定。同樣地，如果我說道是甚麼是甚麼，我同時也就在說它不是甚麼不是甚麼……而道無所不在、無所不包，所以道必須是「無」，這樣它才能成為「一」，成為「整體」、「全部」。

同理，心之本體也是這樣，它必須無善無惡，不分辨任何善惡它才能囊括一切善惡、具足一切道理。舉個例子，我們通常認為放生是善，殺生是惡，請問這個道理適用於所有的情況嗎？那麼我再問你，如果放生造成了外來物種入侵，是善是惡呢？獵豹追捕羚羊，獵豹是惡，羚羊是善嗎？王陽明平亂剿匪，幹的就是殺人的勾當，他是惡嗎？在他上戰場的時候，但凡他心裏想的是「殺人有天大的罪孽」，他都幹不成這件事。

悟道德

據說在抗戰時期，有許多在深山老林裏修行的出家人，都扛起槍上了戰場，他們有所謂的罪業嗎？我認為沒有。只要他們心裏沒有其他的私慾比如想名流青史等等。因為在那一刻，人家的拳頭都要打到你臉上，你必須反抗回去，告訴他們你是不對的，我們的民族不該在那個時代就消亡，所以他們這麼做就是順應天理的。否則，只想著個人得到的，那才是私慾。所以在這個情況下可以說「殺生是善」，但同樣地，這個道理只適用於這個情境，換了情況，殺生就又可能變成惡。

這告訴我們甚麼呢？

心學的終極之境就是徹底的不執著，不執定任何具體的道理、規則、善惡、是非，徹底回歸「無」。內在沒有任何前見，才能看到事情原本的面貌，從而在具體的語境下，選用任何一條道理，使它成為最恰當的做法。所以「義理無定在，無窮盡。」（《傳習錄》22條）這叫做「至善」——本體「無善無惡」的同時，能做到在具體的情境下「知善知惡」，這是終極的善。

再舉個例子，當你要去把一個釘子釘在牆上，你必須有個「錘子」，這就是在這個情境中必須的「有」。但是，這個時候你身邊就是沒有錘子，如果你執意說我一定要找一個「錘子」樣子的「錘子」，你永遠都做不成把釘子釘在牆裏這件事兒。這個時候，回歸「無」，你突然看到手邊有本書，然後你順手拿起來就往那個釘子上敲，在這一刻，書還是書嗎？不是的，書就是「錘子」（有）。

因此陽明一生的活法和思想的精髓，叫做「易」，《易經》的「易」。「中只是天理，只是易，隨時變易，如何執得？須是因時制宜，難預先定一個規矩在。」（《傳習錄》52條）。王陽明被貶龍場之前，在錦衣衛的大牢裏面鑽研的就是《易經》，《易經》也是儒釋道三家共奉的經典。「易」有三個基本含義：不易、變易、簡易。不變的是本體的無，變的是具體時空下的做法道理規則，簡易的是，只要聽良知的就行了。

那修心舉例。如果一個人傷害了你，通常講修心的都講要「放下」，「放下」一定是放過對方嗎？不一定。這是一大誤區，很多人就卡在這裏走不下去，放了一輩子也沒放下。要「放下」的實際上是你的私慾，是你內在那「要對方道歉我才能咽下這口氣」或者「我就是不值得被愛」的匱乏的意識。這些意識會讓你和對方糾纏，陷入彼此創造的關係的劇本裏，互相配合，搞一堆亂七八糟的事情。當沒有這些雜念後，你就能看到事情原本的樣子，或許確實是你的問題造成的，那你該放手就放手。而你也在這個事情中獲得成長，如果是對方錯了，那你該做甚麼，就做甚麼，不需要「放過」他。有時候別人一而再、再而三地欺負你是因為你甘願當一個被害者。《春秋》裏面記載，有人問孔子，這個人殺了我父親，我要不要放過他。孔子直接回：「這你都能放下，你還是個人嗎？」前面說過，天道有時候就是通過「你」的反應來彰顯的。但這個時候，你的所作所為是沒有私人恩怨的，做完了就徹底結束了你和他的因果。

徹底執著於「無」，徹底不分辨善惡，你在這個世界上做不成任何事。徹底執著於有，執著於要學習完一條又一條的具體的道理來適用於一切情況，做起事來也會磕磕絆絆。這也是現在我們大部分人跟隨頭腦的生活，妄圖以大腦中有限的判斷力，規劃完一生的生活。莊子說這是「以有崖逐無崖，殆矣」，就危險啦。只有「有無相生」，有無之間不斷轉化，才是心學的終極之境。

所以在這亦提醒大家，雖然我前面講了很多思路方法道理，但是當它們落到你的具體的生活中是千變萬化的。陽明也說「用功到精處，愈著不得言語，說理愈難」，所以他後來說來說去就那三個字「致良知」，「良知自然知得」。

如果你沒有任何的前見，你看天地萬物，不過都各自位於其恰當的位置上，沒有善惡之分。前面講「理一分殊」，完整的太極落在具體的事物上，分化為不同的特質，苗、花、果實、種子相互配合，不是說因為「果實」能吃「花」不能吃，果實就比花高貴，沒有花傳播花粉哪來的果實呢？鳶飛魚躍，魚和鳥也處於天性的位置上，不是說鳥在天上、魚在水裏，就覺得鳥比魚高貴。獅子捕羚羊，獅子和羚羊也各自在生態鏈上，不是說獅子殺生就是在造惡業。

因此，所有的事物都體現為具體時空中的差異，每一處的差異中都有極好的至善的分寸，這個極好至善的分寸就是「太極」，就是天理。朱熹：「太極只是個極好至善的道理。」

這也是老子講的「觀復」，「致虛極，守靜篤，萬物並作，吾以觀復」。觀復不是看到所有事物消亡，和光同塵回歸道之中，如果這樣老子就是反生命的。他是說，當你保持「虛」、「靜」的狀態，也就是返回到王陽明說的「無善無惡」的狀態時，你就能看到所有具體的事物它們原本與道（太極）的關聯，看到那個極好至善的分寸，看到它們各自位於甚麼位置上才是恰當的，然後以無為的方式保持這樣一個狀態。

「子欲觀花，則以花為善，以草為惡，如欲用草時，復以草為善矣。此等善惡，皆由汝心好惡所生，故知是錯。」你想賞花的時候，就以花為善，以草為惡，等到哪天需要用草了，又以草為善了。這樣看善惡，都是由你主觀的好惡（私慾）產生的，便會出錯。如果你生來就是一根針，但今天市面上牙籤賣得好，你就費勁心思把自己變成一根牙籤，等過段時間牙籤價格跌了，你又覺得還是當根針好。一般人都在事上算，這裏算對了，那裡沒算對。結果一生算總賬，勞勞累累，勝負參半，所以一生艱苦。

但「佛氏著在無善無惡上，便一切都不管，不可以治天下。」王陽明對於佛教的批評，就是說它執著在無上面，你要釘釘子，光在哪兒想「釘子不存在」、「牆也不存在」、「我也不存在」，釘子不會自己進牆裏；你要造房子，不去搬磚頭，也憑空生不出來個房子。「聖人無善無惡，只是無有作好，無有作惡，不動於氣。」（《傳習錄》）聖人的無善無惡，是不以私慾講究善惡，而不是全無善惡，使得善惡一循於理。「草若有礙，何妨汝去？」今天你是一個農民，種莊稼就是你的責任，那麼這個時候草要不要去？要。因為「理當如此」

為甚麼要強調「心外無理」？因為善惡是非的標準就不是固定的，「且如受人饋送，也有今日當受的，他日不當受的」，像這樣的道理我們沒有辦法通過外在學習盡，靠的就是臨時那一刻良知的直覺，

我們通常認為，寬容是好的，罵人是不好的，但有的時候就需要你罵人。但這部分內容，不輕易說，這也是為甚麼把它放在最後一章的原因。因為它一定建立在嚴格的克治省察的工夫之上，否則，對於善惡是非的判斷容易「失之毫釐，謬以千里」，變成極端的個人主義，造成道德的瓦解，這也是陽明後學最大的流弊。

陽明心學是自信的，但它不盲目。這事兒如果良知過了，就算所有人反對，你都要堅持。但前提是，你得保證良知在這事兒上不受任何私慾蒙蔽。所以《論語》裏講「夫子之性與天道，不可得而聞也」，就是孔子很少跟人講「性與天道」的事兒，因為他覺得，不是所有人都適合來聽這個，他教的東西全部是因材施教，王陽明講課也是隨機點化的，所以《傳習錄》也是語錄體。讀《論語》最重要的是讀出他背後「一以貫之」的東西，是它所有具體的做法背後的「性與天道」，在這一點上王陽明做到了極致。

回到「無善無惡心之體」，陽明心學是以無為體的，看上去很像道家。但毫無疑問，王陽明是儒家，因為他的「以無為體」是為了「以有為用」。他始終不想放棄這個生生不息的世界，他相信人來到這個世界，不是為了拋棄它的，而是為了讓它繼續豐富、多元地生息下去。

「天道只有一個，就是生生不息」，以前我是不理解這個命題的，因為他提出來的時候沒有前後論證。直到王陽明這裏，我才明白，「物極必反」，「反者，道之動」，徹底回歸於無，就是回歸徹底的有。以無為體，無就是一，所以眾生本自具足，以無為體，無能生有，有歸於無，無又能創造出新的有，總結為一個字，就是「生」。具體的事物生長衰敗而生的力量永遠向前推進。

以前的修行思路總是讓我們放下，放到最後和光同塵，自己徹底地不存在，「以無修無」。但我覺得還有另外一種思路。宇宙最初是一團混沌，它只是「知道」自己是一切，但它沒有「體驗」過自己是一切；於是它開始分化，分化成一個個具體，從「道」演化為「德」，開始體驗它自身。因此我認為可以「以有修無」，你在這個世間可以盡情體驗一切，但是你會發現，但凡你開始執著於某樣東西必須是我的、我必須要得到某個結果，你就是在給自己「設限」，「擁有」的同時，也就喪失了其他可能性。所以，愈是放下。就愈能享受主盛和無限。放下和創造，其實是一回事。

最後想說的是，一直以來大眾對心學有種誤解，覺得心學玄虛，但其實心學是不講開悟的，就算是開悟的人，也要做最基本的工夫去保持。所以，好消息就是，只要你用一分功，就會有一分的收穫。我想告訴各位，內在有一份改變，外在的境遇就會有一份改變。

結語

結語：

我碎碎念這麼多如何安心立命，其實最終的思想是「讓人成為人」。即是要成為甚麼樣的人？

做人是有座標的，縱向的座標，按照儒家的說法：「士希賢、賢希聖、聖希天」。我們以聖賢為榜樣，聖賢的根源在於天道，我們要守護天道，縱向提升生命的價值。橫向的座標，即修齊治平（「修身、齊家、治國、平天下」）的拓展，「君子素其位而行」，有多大的才幹就幹多大的事業。做人的基礎是守住自己，這叫修身。如果你可以安頓好一個家一個單位，這叫齊家。如果本事再大一點，治國。更厲害的則是平天下，為建構人類思想指點方向。

讓人成為人，即置於這縱橫座標中，不忘初心而得終始。甚麼初心？中國人的初心是做聖人。故縱向的進路是「士希賢、賢希聖、聖希天」，橫向的進路是「修身、齊家、治國、平天下」。在這個內聖外王的過程中，使人成為大人。聖人的目標，雖不能至，心嚮往之。現在當不了聖人，但至少要當君子。君子的反義詞是小人，所以我們要親君子而遠小人，這就是「成人」。

以下我們分四個方面來談：福報與德行、天命與實相、廟堂與江湖、福慧與中道。

福報與德行

首先，討論福報與德行。剛才說過，正因為現實是不完美的，所以需要對德與福的追求。

「五福」的說法，最早見於《尚書．洪範》：「一曰壽，二曰富，三曰康寧，四曰攸好德，五曰考終命。」

長壽、富貴、身心康寧、嚮往美德、得善終，這是中國人對「福」最早的具體闡釋。人生七十古來稀，我已經算達標了，富貴談不上，身心康寧和嚮往美德，這是經過主觀努力可以做到的，現在要爭取第五種：善終。

講到追求生命的自由，我認為的自由有四種：身體自由、財務自由、言論自由，心靈自由。

財務自由不敢當，言論自由不多說，這裏就說身體自由和心靈自由。身體自由有四個標準：吃得下、睡得著、拉得出、死得掉。第四個最重要，因為罵人罵得最厲害的，就是不得好死。臺北前市長柯文哲是著名的外科醫生，按照他的說法，愈是有錢、愈是有權的，愈在善終這個點上會有麻煩。因為他有這個實力，可以不惜一切代價搶救，有時候也無異於是對自己的一種折磨。我們作為普通民眾，就希望能夠好死，得善終。

《尚書正義》釋「攸好德」：「所好者德福之道」，最早提出道德為福報基礎的思想。幸福的結果怎麼才能得到？只有有德者，才能獲得。

《易傳》：「積善之家必有餘慶，積不善之家必有餘殃。」中國儒道兩家共通的論道基礎《周易》，為行善積德，提供一個非常重要的理論依據。行善的家庭，福氣可以延續到子孫後代，所謂祖上積德，子孫受福報，祖上如果造孽，子孫就會遭殃。

《太上感應篇》：「禍福無門，惟人自召。」宋金之際，融會儒釋道三家思想的善書《太上感應篇》，就提出了一個重要的思想：禍福無門，惟人自召。上天堂，或是下地獄，都是人自己哭著喊著要去的，這就叫惟人自召。

剛才舉證《尚書》《周易》《太上感應篇》三篇文獻，我們可以歸納出三點跟福報有關係的論道觀點。

首先，「福，佑也。」福不僅來自於神佑，更在於行善積德。中國先秦典籍裏有一個重要的觀點「以德配天」，人間的德行，要配得上天命。從國家政權來講，權力的來源就來自於天命，這叫君權神授。比方說現代憲政國家，權力來自於公民的選票。傳統人治社會的行規，那就必須行仁政，行德治，才配得上天命。如果君主無德，行荒政惡政蠹政，老天看不下去了，就要革你的命，叫革除天命。對個人來講，每一個人的行為也要配得上天命。

其次，《易傳》所說的「積善餘慶」，這是儒道兩家關於善惡報應的家族承負說。講到善惡報應理論，佛教的業力因果論強調主體要為自己的行為負責，但佛教傳到中國以後，因果理論也跟佛道兩家的承負說慢慢匯通在一起了。

這就引出了第三點，廟堂之上的《尚書》《周易》所表達的福德思想，日益深入到民間，其典型的代表作就是《太上感應篇》，這是三教融會下的民間信仰。

德福如何一致？德，是得自天道的道德行為；福，是生命主體所獲得的福報。從古至今，有德行善者未必有福，而無德作惡者卻享盡榮華富貴？德與福能否一致，這是傳統論道非常重要的一個理論課題。

悟道德

在今天，我們重溫一百年前梁漱溟先生的父親所提出的靈魂之問：這世界會好嗎？這世界到底會走向哪里，我們都有一種不確定感。正是因為現實缺甚麼，需要我們補甚麼，所以要辨我這个課堂，在一個不確定的時代去追求確定性。所以，討論德福一致的課題，也具有匡正社會價值的現實意義。

討論德福一致的視域，涉及生命成長的高度與廣度。論道讓我們心量要放開，眼光要高遠，必須超越世俗社會的範圍，引向神聖的向度，以更高的認知視野和理想願景，作為對現實世界進行價值批判的根據，從而促進文明的不斷發展和進步。

前途是光明的，道路是曲折的。生命的成長，就是不斷朝向神聖向度的修行過程。我這裏舉例《了凡四訓》中的改過之法，首先要發三心。發哪三心？先發恥心，因為人而無恥不知其可。第二發畏心，敬畏心。第三要有改過的勇心。

這裏面我就舉發畏心來談三點。

第一要畏天地鬼神。「天地在上，鬼神難欺。吾雖過在隱微，而天地鬼神，實鑒臨之，重則降之百殃，輕則損其現福，吾何可以不懼？」

人在隱微處所作所為，天地鬼神明鏡高懸，洞察秋毫。鑒臨，就是天神地祇實實在在的臨在，就在我們身邊觀察著我們，這叫三尺之上有神明，古話說人在做天在看。從北斗星君到家中灶臺，連我們身體裏面都有三屍神，入住上中下三丹田，全方位監控人的活動，定期上天彙報，根據所幹壞事，扣人紀算，即扣人的壽數。如果本人壽數不夠扣，比如說駕駛分數扣光了怎麼辦？讓子孫後代償還，這就叫承負，積不善之家必有餘殃的觀念，就是這麼來的。

第二畏人間輿論。「閒居之地，指視昭然，吾雖掩之甚密，文之甚巧，而肺肝早露，終難自欺，被人覷破，不值一文矣，烏得不懍懍？」

閒居之地就是人所不見之處，君子為甚麼要慎獨？此即《大學》所說「十目所視，十手所指，其嚴乎！」在大庭廣眾中，要裝做一個君子淑女是容易的，在任何場所都能言行一致，才是君子。用今天的大白話來講，群眾的眼睛是雪亮的，所以裝也白裝。

第三還要畏後世報應。「明則千百年擔負惡名，雖孝子慈孫，不能洗滌；幽則千百劫沈淪獄報，雖聖賢佛菩薩，不能援引。烏得不畏？」

人間社會是有歷史記憶的，現在所幹壞事，千百年來都會被人清算。做人不僅要敬畏神明，還要敬畏歷史的審判，別看你現在鬧得歡，到時給你拉清單。所以，善有善報，惡有惡報，不是不報，時間沒到，時間一到，統統都報。這樣，生活就有了長度、高度、厚度，生命才有了神聖和長遠的意義。

人在做，天在看。那麼，天到底是甚麼？在傳統的儒道思想裏，天有四義：自然、命運、主宰、義理。

一、自然之天。如孔夫子所說：「天何言哉？四時行焉，百物生焉，天何言哉？」（《論語．陽貨》）有人據此得出孔子具有樸素的唯物主義思想，也說得通。

二、主宰之天。關於天地鬼神，最系統化，也最具論道意涵的是《中庸》：「鬼神之為德，其盛矣乎！視之而弗見，聽之而弗聞，體物而不可遺。使天下之人，齋明盛服，以承祭祀，洋洋乎如在其上，如在其左右。」（《中庸》16章）天地鬼神雖然看不見摸不著，但是天下之人對它充滿著崇敬，是當得起我們人間對它的崇拜和祭祀的，所以對天地鬼神充滿著敬畏感。

三、命運之天。這就是天行有常的宇宙規律。

四、義理之天。先秦文獻所論以德配天，人必須要有德，才配得起天命。這個思想使中國文化充滿著人文的精神。就像詩經所說：「永言配命，自求多福」。《詩經·大雅·文王之什》）

在中國，道家典籍中有上帝、天帝、五帝等說法，但並沒有從主宰之天發展出像基督教、伊斯蘭教這種一神教所信仰的至上神。這裏的關鍵是從周公以來，尤其是孔子、孟子，強化了義理之天的作用，主張修身以俟命，使人的道德活動與天命結合起來。

如此一來，福報說就從原來單純的「神佑說」，發展出了「以德配天說」和「家族承負說」。從而形成中國傳統文化兩大鮮明的特徵：以人為本、以天為則。

甚麼叫以人為本？如《尚書．泰誓》所說「天視自我民視，天聽自我民聽」。天以老百姓的視聽為視聽，老百姓的心聲跟天命是相通的，違背了人心就違背了天意。所以古代是有采風官的，《詩經》裏的國風就是採集各國的詩歌。今天刀郎的《山歌寥哉》，擊中了當今人類的痛點，可謂全球性的采風。

那麼，誰去詮釋天命呢？聖人。按孔子所說，君子有三畏：畏天命、畏大人、畏聖人之言。大人，是政治統治者，但人間的統治者也得敬畏天命和聖人之言。而聖人不僅僅是堯舜禹湯的君主，也包括了孔子孟子這些在野的聖賢。於是，在中國文化裏面就形成了獨特的三權分立形態。

因此，中國文化裏面有著濃濃的以人為本的思想，因為天命來自於民心，以民心向背作為取捨標準。聖人之言，則是對民心和天命的詮釋。縱然是聖人之言，也必須敬畏天命和大人。所以，以人為本，以天為則，構成傳統文化的兩大鮮明特徵。

在天的四層含義中，命運之天，即天行有常的宇宙規律。若將此神秘不測的命數視為絕對，則淪為那些術數家所導致的宿命論。

悟道德

有人問我，你信不信算命？命理、風水、相面等等術數，都有其道理，然而其作用範圍是有限的，一旦絕對化就成了謬誤。正如魯迅在《搗鬼》的雜文裏講過，「搗鬼有術，也有效，然而也有限。以此成大事者，古來無有。」歷史上有哪一個正兒八經的統治者，會容忍那一套東西？所以，孔夫子不語怪力亂神，佛陀禁止弟子們搞星相算命。《了凡四訓》以正命論行安身立命之道，以業力因果論分析人生的來龍去脈。袁了凡本人用他改變命運的親身經歷，見證了命自我立、福自我求的道理。

剛才講到天有四義，現在我們再來分析命有兩層含義。《了凡四訓》的核心，是立命之學。立命一語，來自孟子：「存其心，養其性，所以事天也。夭壽不貳，修身以俟之，所

以立命也。」（《孟子．盡性上》）

這裏面命有二義：一指不可抗拒的天命。所以人必須順天而行，逆天之行就要受惡報；二指人順天行道的使命，儒家的思孟學派特別強調了人順天行道的使命感。

使命感與義理之天相結合，形成以人為本、以天為則的天命觀，其經典表述，就是《中庸》開宗明義的三綱：天命之謂性、率性之謂道、修道之謂教。

天命之謂性，性指人的本質，我們人的本質（性）稟賦於天命。率性之謂道，率指遵循，我們要遵循上天所賦予的本性，在人間行天道。以上兩條是天和人之間的關係。修道之謂教，是在社會中展開的橫向關係，通過成己成物的努力，在社會中施行聖人之教。

剛才，把天和命結合起來，做了一個簡短的解說。現在來看《了凡四訓》這本書，它不是本一氣呵成寫成的書，是選編袁了凡一生中有代表性的四篇文章。《立命之學》是書中的核心部分，這是他六十九歲時寫給兒子的誡子文，總結自己一生的經驗教訓，所以它的可信度相當高。當時就有人覺得寫得好，當年就把它刻印發行，書名就叫《立命篇》。

《改過之法》與《積善之方》，選自他中年所寫的《祈嗣真詮》。年輕時候他遇見一位神秘的來自雲南的孔先生，占算他以貢生資格在四川做一任知縣，五十三歲死在家裏，命中無子。所以他到處尋求生子的辦法，他出身醫學世家，精通婦產科兒科，也懂房中術，他認為最有效的是積德。故在中年得子後，撰寫《祈嗣真詮》十篇，頭二篇就是改過和積善，被選入了《了凡四訓》。

第四篇《謙德之效》，是他晚年罷官以後，在蘇州吳江隱居，教徒課子，編著指導科舉考試的參考書《遊藝塾文規》。

印光大師在民國年間把《了凡四訓》印行一百萬冊，下面這幾句話是對此書精闢的概括：「袁了凡諸惡莫作，眾善奉行，命自我立，福自我求，俾造物不能獨擅其權。」（釋印光：《袁了凡四訓鑄板流通序》）

悟道德

造物主就是上帝、神，但中國文化的精髓是以人為本以天為則，所以命運靠自己掌握，幸福靠自己追求。這也是《太上感應篇》所言：「禍福無門，惟人自召。」

火柴頭工作室
MATCH MEDIA Ltd.

匯聚光芒，**燃點夢想！**

《悟道德》

■系　　列：心靈勵志
■作　　者：易烊楓燧大師兄
■出 版 人：Raymond
■責任編輯：Candy、Wing
■封面設計：samwong
■內文設計：samwong
■出　　版：火柴頭工作室有限公司 Match Media Ltd.
■電　　郵：info@matchmediahk.com
■發　　行：泛華發行代理有限公司
九龍將軍澳工業邨駿昌街7號 2 樓
■承　　印：新藝域印刷製作有限公司
香港柴灣吉勝街45號勝景工業大廈4字樓A室
■出版日期：2024年7月
■定　　價：HK$138
■國際書號：978-988-70510-3-9
■建議上架：心靈勵志

*作者及出版社已盡力確保本書所載內容及資料正確，但當中牽涉到作者之觀點、意見及所提供的資料，均只可作為參考，若因此引致任何損失，作者及本出版社一概不負責。

香港出版　版權所有　翻印必究
All Rights Reserved